SEXBEICHTE

EINER BRAVEN KATHOLIKIN

AUS GUTEM HAUSE

AF235611

Leonore von Megenburg

SEXBEICHTE EINER BRAVEN KATHOLIKIN AUS GUTEM HAUSE

Eine fiktive Erzählung mit Elementen des wahren Lebens

Bibliografische Information der Deutschen Nationalbibliothek
Die Deutsche Nationalbibliothek verzeichnet diese Publikation
in der Deutschen Nationalbibliografie; detaillierte bibliografische
Daten sind im Internet über
http://dnb.d-nb.de abrufbar.

© 2023 Leonore von Megenburg

Satz, Herstellung und Verlag:

BoD – Books on Demand, Norderstedt

ISBN 978-3-7543-3958-9

Inhalt

Prolog

Sie haben es sich sicherlich schon gedacht: Leonore von Megenburg ist nicht mein wirklicher Name. Auch bin ich nicht adlig. Aber Sie werden nach der Lektüre des Buches verstehen, dass ich meinen wahren Namen nicht preisgeben will. Denn ich entstamme einer gutbürgerlichen Familie, und durch meine Heirat hat sich mein Status nicht geändert: Auch meine eigene Familie gehört dem gehobenen Mittelstand an. Ich würde also meiner ursprünglichen wie auch meiner jetzigen Familie Schmerz bereiten, wenn mein wahrer Name bekannt würde. Dabei ist das, was ich zu erzählen habe, aus heutiger Sicht keineswegs besonders: Ich bin weder ins Drogenmilieu noch in das Reich der Prostitution abgeglitten. Aber ich habe mich aufgrund meiner Herkunft und meiner Erziehung eigentlich mein ganzes Leben lang mit Sexualität schwergetan. Und jetzt, da ich meinen 60. Geburtstag seit einiger Zeit überschritten habe, möchte ich es mir von der Seele schreiben. Denn meiner Überzeugung nach ist meine Geschichte keineswegs derart außergewöhnlich oder einmalig, dass ich die Einzige wäre, der es so ergangen ist. Ich glaube vielmehr, dass es viele Leonores von Megenburg in (West-) Deutschland gegeben hat, Frauen, die in den 6oer-Jahren des letzten Jahrhunderts geboren wurden und an denen die Errungenschaften der sexuellen Revolution ohne größeren Einfluss einfach vorbeigezogen sind. Nicht dass sie nicht davon gehört hätten, aber ihre individuellen Umstände haben es ihnen aus welchen Gründen auch immer mehr oder weniger unmöglich gemacht, davon zu profitieren. All diesen Frauen möchte ich Gehör verschaffen.

Es kommt natürlich auf die Situation der einzelnen Frau an, und da hatte ich im Hinblick auf meine Sexualität nicht die besten Startchancen. Ich wurde im Süden von Rheinland-Pfalz geboren, einem eher landwirtschaftlich geprägten Gebiet, in dem Tradition und Religion zu dieser Zeit – wir reden hier von den Jahren des Wiederaufbaus nach dem Zweiten Weltkrieg – (noch) eine sehr große Rolle spielten. Meine Eltern entstammten einer Handwerker- und einer Winzerfamilie aus kleinen Dörfern in der Umgebung der Kreisstadt, in der ich die ersten Jahre meines Lebens verbrachte. Meine Mutter war strenggläubige Katholikin, mein Vater Protestant, der seine Religion allerdings auf Druck seiner späteren Frau noch vor der Hochzeit aufgegeben hatte und zur römisch-katholischen Kirche übergetreten war. Das war der ausdrückliche Wunsch – man konnte durchaus auch sagen, die Bedingung – meiner Mutter und ihrer Familie gewesen, damit an diese Eheschließung überhaupt nur zu denken war. Und wie ich später noch feststellen musste: Konvertierte Protestanten konnten noch katholischer als strenggläubige Katholiken sein; mein Vater war so einer.

Der katholische Glaube beziehungsweise die Anweisungen der Institutionen der katholischen Kirche prägten das familiäre Leben von Anfang an stark. Der sonntägliche Gottesdienst war Pflicht und in gewisser Hinsicht der Höhepunkt der Woche, selbstverständlich wurde vor jeder Mahlzeit und vor dem Zubettgehen gebetet, Vertreter der katholischen Kirche waren uneingeschränkte Autoritätspersonen, Priester, Diakone, selbst Gemeindeschwestern. Durch die Regeln der katholischen Kirche waren aber auch die Moralvorstellungen meiner Eltern geprägt. Selbstverständlich habe ich niemals mit meinen Eltern über Sexualität gesprochen – auch in der Zeit meiner Pubertät war dieses Thema tabu –, doch glaube ich im Lauf meines Lebens verstanden zu haben, dass für sie Geschlechtsverkehr ausschließlich der Fortpflanzung zu dienen hatte. Ein Indiz dafür war eine Bemerkung meiner Mutter kurz vor meiner Heirat, dass nach dieser, beginnend in der Hochzeitsnacht, »etwas« passieren werde, was man als Frau einfach über sich ergehen lassen müsse ...

Unter diesen Rahmenbedingungen war es nicht weiter verwunderlich, dass meine Mutter innerhalb weniger Jahre fünfmal schwanger wurde. Eines der Kinder starb, ich war die Zweitgeborene: Drei Jahre vor mir wurde meine ältere Schwester geboren, nach mir kamen noch eine weitere Schwester und schließlich der heißersehnte Sohn. Danach passierte dann nichts mehr – und ich glaube, dass das auch wörtlich zu nehmen ist. Dabei spielte allerdings auch eine Rolle, dass mein Vater eine neue berufliche Tätigkeit innerhalb seines Konzerns aufgenommen hatte, die ihn zu einem eher seltenen Besucher in seiner eigenen Familie machte: Er war ständig in der gesamten Bundesrepublik unterwegs. Der gängige Spruch in meiner Familie war, dass unser Vater eigentlich nur in seinem Urlaub anwesend sei, »und diese Zeit geht auch vorüber«.

Im Rückblick kann ich guten Gewissens sagen, dass ich sehr behütet aufgewachsen bin. Meine Mutter führte ein strenges Regime, bemühte sich aber stets, dass es der Familie an nichts fehlte. Das war nicht immer einfach, nicht zuletzt weil meine Eltern schon zu Beginn ihrer Ehe ein Mehrfamilienhaus gebaut und damit enorme finanzielle Lasten übernommen hatten. Die ersten Jahre meines Lebens verbrachte die Familie selbst in diesem Haus, danach gab es einen berufsbedingten Wechsel in die Kreisstadt des Nachbarkreises.

Meine Eltern, das heißt vor allem meine Mutter, führten ein offenes Haus. Wir Kinder durften, wann immer wir wollten, Freunde mit nach Hause bringen, die von meiner Mutter stets mit offenen Armen empfangen wurden. Erst später fiel mir auf, dass Besuche unsererseits bei diesen Kindern sehr selten waren: Meine Mutter wollte also die Kontrolle über uns behalten. Das störte mich damals allerdings nicht; wir hatten nach unserem Umzug – ich war zu diesem Zeitpunkt sechs Jahre alt – ein großes Haus mit einem ausgedehnten Garten. Ich fühlte mich dort sehr wohl und verhielt mich bei den Spielen sowohl im Haus als auch im Garten eher wie ein Junge als wie ein Mädchen.

Was bei den Spielen kein Problem war, wurde es, sobald es mehr formal wurde, wie an den Wochenenden oder bei Verwandtschaftsbesuchen. Zu diesen Anlässen wurde ich, wie es in der damaligen Zeit üblich war, wieder als Mädchen herausgeputzt, mit süßen Kleidchen, Spängchen im Jahr und Lackschühchen. Davor stand allerdings die Säuberung, denn Spiele im Garten führen üblicherweise zu Verschmutzungen. Folgerichtig wurden vor dem Wochenende oder spätestens am Samstag alle Kinder in die Badewanne gesteckt. Auch dafür gab es feste Regeln, deren Sinn ich nicht immer verstand und die ich im Nachhinein für sehr seltsam halte. Hierzu gehörte, dass wir Mädchen nur mit einem Badeanzug und unser Bruder (später) nur mit Badehose in die Badewanne steigen durften. Damals dachte ich, dass das normal sei, heute finde ich das einfach nur verklemmt.

Und an eine weitere seltsame Episode erinnere ich mich noch so, als ob es gestern gewesen wäre. Die Wochenenden, vor allem die Sonntagnachmittage, waren für Besuche bei der Verwandtschaft in der näheren Umgebung reserviert. Dabei kam es auch vor, dass nicht alle Kinder an den Besuchen teilnahmen, weil unser Auto – wir hatten ein Auto, solange ich zurückdenken kann – nur fünf Sitzplätze hatte und manchmal auch Verwandte mitfuhren. Bei wenigstens einer dieser Gelegenheiten saß ich mit einem meiner Onkel allein auf dem Rücksitz. Plötzlich fühlte ich seine Hand auf meinem Oberschenkel, die sich in den folgenden Minuten immer weiter nach oben in Richtung meiner kindlichen Scheide (damals kannte ich keinen anderen Begriff) bewegte. Ich war starr vor Entsetzen und schickte einen flehentlichen Blick in Richtung meiner Mutter, den sie als Fahrerin im Rückspiegel sehr wohl wahrzunehmen schien, denn sie blickte immer wieder nach hinten – auf den hin sie aber nichts unternahm. Ich konnte mir damals keinen Reim darauf machen, wagte aber auch nicht, meine Mutter darauf anzusprechen. Offensichtlich war so ein Verhalten normal oder wurde als normal angesehen. Dabei sind beide zu verurteilen, sowohl mein Onkel für die Tat als auch meine Mutter für ihre Passivität und Duldung – MeToo lässt grüßen. Ich kann heute nicht mehr sagen, ob es häufiger zu solchen Vorfällen kam, was ich mir durchaus vorstellen könnte. Im Lauf der Zeit habe ich sie vielleicht vergessen oder doch zumindest verdrängt.

Allerdings gab es ab meinem zwölften Lebensjahr auch deutlich weniger Gelegenheiten für derartigen Missbrauch – denn das war es, ganz egal was damals im Allgemeinen darüber gedacht wurde –, wir zogen berufsbedingt nämlich wieder um, dieses Mal in eine westdeutsche Großstadt in einem anderen Bundesland mit schon damals etwa einer halben Million Einwohnern. An unserem Familienleben änderte sich zunächst aber eigentlich nichts: Unter der Woche mussten wir Kinder zur Schule (mittlerweile waren alle Kinder der Familie schulpflichtig) und das Wochenende war dem Familienleben gewidmet, weiterhin stark beeinflusst durch die Regeln der katholischen Kirche. Gottesdienste waren Pflicht, und ansonsten mussten vor allem wir Mädchen zunehmend im Haushalt helfen. Zeit für uns selbst, und sei es nur für das Lesen eines Buches oder das Hören einer Musiksendung im Radio (unser Fernseher war für solche Vergnügungen natürlich tabu), gab es kaum. Und wenn uns unsere Mutter bei einer dieser Tätigkeiten »erwischte«, wurden wir sofort zu weiteren Hausarbeiten verdonnert – offensicht-

13

lich wussten wir ja nichts mit unserer Zeit anzufangen ...

Durch das deutlich höhere Gehalt meines Vaters konnten wir uns wieder ein großes Haus leisten, das zwar keinen großen Garten mehr besaß, dafür aber eine zu einer Art Partykeller umgebauten Garage, in der sich zunächst nur meine Eltern mit Bekannten für gemütliche Stunden bei typischem Essen dieser Zeit und einem Glas Wein trafen. Ich konnte damit zunächst nicht viel anfangen, wohl aber meine ältere Schwester, die mittlerweile in die Pubertät gekommen war und begann, sich für Jungs zu interessieren. Unsere Mutter behielt auch in dieser für sie schwierigen Zeit ihr gewohntes Verhaltensmuster bei: Die Familie führte ein offenes Haus, und wir Kinder durften, wann immer wir wollten, andere Kinder zu uns einladen, wodurch sie weiterhin die Kontrolle über uns ausüben konnte. Dieses Schema wurde auch bestehen gelassen, als meine ältere Schwester mit Ideen kam, sich am Samstagabend irgendwo in der Großstadt zu amüsieren. Mit geschickten Argumenten und zur Not auch Bestechung oder Androhung von Strafen sorgte unsere Mutter dafür, dass Wünsche nach Vergnügungen außerhalb des Hauses so weit als irgend möglich im Keim erstickt wurden. Denn wozu hatten wir denn einen Partykeller? Und wenn trotz aller Bemühungen eine externe Veranstaltung besucht werden »musste«, dann am liebsten solche, die von der katholischen Kirchengemeinde organisiert wurden. Dass wir dann relativ zeitig nach Hause mussten (22 Uhr war das Höchste der Gefühle) und auch jedes, aber auch wirklich jedes Mal von unserer Mutter oder unserem Vater abgeholt wurden, versteht sich von selbst. Das ging auch einige Zeit gut, aber der Widerstand zunächst von meiner Schwester, später auch von mir wuchs – und außer Verboten fiel unseren Eltern auch nichts ein, wie sie damit umgehen sollten. Aber immerhin gab es noch unseren Partykeller, sodass wir nicht vollständig isoliert waren. Aber auch da gab es klare Verhaltensmuster, die üblicherweise unter dem Deckmantel besonderer Fürsorge daherkamen: Unsere Mutter und alle kleineren Geschwister versorgten die Gäste permanent mit kulinarischen Köstlichkeiten und (alkoholfreien) Getränken, was wiederholtes Erscheinen ihrerseits im Partykeller notwendig machte. Dass dabei keine besondere Stimmung unter den Jugendlichen aufkommen konnte, versteht sich von selbst. Nach einiger Zeit verliefen diese Partys dann auch im Sand, weil sich unsere Gäste nicht mehr ständig kontrollieren lassen wollten und sich daher bei uns nicht mehr wohlfühlten. Aber noch war es nicht so weit ...

Igittigitt

Party time – it's party time. Meine Schwester hatte wieder einmal eingeladen und der Partykeller war voll. Die Musik dröhnte, die Gäste, vor allem Jungs und Mädchen aus der Pfarrjugend, hingen auf der Couch und in den Sesseln ab, aßen die angebotenen Köstlichkeiten, tranken Limo und Wasser, einzelne tanzten, aber insgesamt war die Stimmung nicht gerade auf dem Siedepunkt. Meine kleineren Geschwister und ich waren erneut zur Kontrolle abgestellt. Eigentlich war alles wie immer, und doch war irgendetwas diesmal anders. Ich hatte es nicht gleich bemerkt, aber bei einem meiner »Kontrollbesuche« sah ich es: Plötzlich waren Flaschen mit Alkohol im Raum. Nein, nichts Hartes, aber für unser Haus war ja Sekt schon eine Ausnahme. Die Flaschen waren auf den ersten Blick auch nicht sichtbar, denn sobald die Tür zum Partykeller geöffnet wurde, verschwanden sie sofort unter dem Tisch, hinter einem Sessel oder in einem sonstigen Versteck. Bei einem meiner Besuche nahm mich meine große Schwester dann zur Seite, klärte mich auf und bat mich gleichzeitig darum, erstens den

Mund zu halten und zweitens dafür zu sorgen, dass sich unsere kleineren Geschwister nicht mehr an der Versorgung der Gäste beteiligten. Mit einem verschmitzten Lächeln flüsterte sie mir zu, dass sie jetzt »Flaschendrehen« spielen wollten und ich gerne zusehen dürfe – schließlich sei ich ja schon alt genug dafür, wenn ich »zufällig« auch im Raum war ...

Flaschendrehen – was war das denn? Ich hatte natürlich keine Ahnung, aber war mehr als neugierig, denn offensichtlich drehte es sich um etwas »Verbotenes« (denn warum sollten sonst die Kleinen davon nichts wissen?). Gleichzeitig hatte ich aber auch Angst, denn wenn es verboten war, konnte es Strafen nach sich ziehen. Andererseits: Meine Schwester trug das Hauptrisiko, warum sollte ich mir also allzu viele Sorgen machen? Und zur Not konnte ich mich immer noch herausreden, dass ich eigentlich gar nicht verstanden hätte, was da gerade abging! Ich versprach also, meinen Mund zu halten, und war gespannt wie ein Flitzebogen, was gleich in unserem Partykeller passieren würde.

Zurück im Wohnbereich zeigte ich ungewohnte Begeisterung für die weitere Versorgung der Party. Auch stellte ich klar, dass es für meine kleineren Geschwister allmählich Zeit sei, ins Bett zu gehen (was denen einerseits ganz recht war, denn dann mussten sie nicht mehr bedienen, andererseits

17

aber auch nicht, weil sie dann eben ins Bett mussten). Ob meiner Mutter dieser Gesinnungswandel auffiel, weiß ich nicht mehr, jedenfalls konnte es mir plötzlich nicht mehr schnell genug gehen, das nächste Mal die Stufen zur ehemaligen Garage hinunterzusteigen. Und dann war es so weit: Es wurde Zeit für eine neue Ladung Salzgebäck – oder eigentlich für einen neuen Kontrollbesuch, der aber jetzt keiner mehr war. Voller Aufregung ging ich in den Keller, in dem sich die Sitzordnung mittlerweile deutlich verändert hatte: Alle Gäste saßen im Kreis und in der Mitte lag eine leere Sektflasche. Ich stellte meine Lieferung ab und tat so, als ob ich wieder den Partyraum verlassen würde, blieb aber in Wirklichkeit im Halbdunkel des Treppenaufgangs stehen. Niemand achtete auf mich, alle waren viel zu gespannt, wer denn was als nächste Aufgabe bekam. Denn darum drehte es sich (im wahrsten Sinn des Wortes): Jemand drehte die leere Flasche und stellte dann der Person, auf die der Flaschenhals nach der Drehung zeigte, eine Aufgabe. Und natürlich ging es dabei nicht um die Rezitation eines Gedichts oder die Beantwortung einer Rätselfrage, sondern um ganz »handfeste« Dinge. Beispiele von dieser ersten, aber auch späteren Partys waren Küsse (aber eben nicht solche, wie wir sie auch unseren Eltern gaben), es ging um Fummeleien, es ging um das Ablegen von Kleidern oder zumindest das Zeigen von Körperteilen, es ging um die Beantwortung erotischer Fragen (viele der genannten Begriffe hatte ich noch nie gehört) – mir blieb die Spucke weg. Gleichzeitig war ich aber auch fasziniert. Mir wurde ganz flau im Magen, aber ich konnte meinen Blick von dem Treiben nicht abwenden. Zu meiner Überraschung – oder sollte ich sagen: zu meinem Entsetzen? – juckte es mich jetzt auch noch in meinem Schritt und meine Brust hob und senkte sich. Was sollte das bedeuten: Wollte ich da etwa mitmachen?

Vollkommen verwirrt versah ich den Rest meines »Partydienstes« und ging danach deutlich nach Mitternacht ins Bett. Trotzdem schlief ich vor lauter Aufregung erst viel später ein, nicht ohne mir vorher vorgenommen zu haben, mit meiner Schwester darüber zu reden.

Das erwies sich als wesentlich schwieriger als geplant. Zum einen musste sie bald wieder zu ihrer Ausbildung in die Nähe von Koblenz, zum anderen wusste ich nicht, wie ich das Gespräch beginnen und welche Worte ich gebrauchen sollte. Dass ich sie zusätzlich um ihr Stillschweigen bitten musste, war klar, was allerdings nicht schwer sein sollte, denn sie war ja selbst verstrickt.

Einige Wochen später ergab sich nicht nur die Gelegenheit, sondern ich hatte auch meinen ganzen Mut für dieses Gespräch zusammengenommen. Ihre Reaktion war eine große Überraschung für mich: Nach ihrer Meinung war überhaupt nichts dabei. Für sie waren diese Spiele vollkommen harmlos und Teil der Entwicklung von Jugendlichen, die eben auch ihre Sexualität erforschen wollten, das gehöre nun einmal zur Pubertät. Meinem Einwand, dass unserer Mutter wiederholt betont hatte, dass es so etwas wie »Pubertät« ja und dass solche Spiele von den Eltern sicherlich nicht gutgeheißen würden, begegnete sie mit dem lapidaren Hinweis, dass sie – die Eltern – es ja nicht wissen müssten. Ich war entsetzt, aber auch erleichtert, wie einfach meine ältere Schwester all meine Sorgen und Befürchtungen vom Tisch wischte – und dass sie außerdem keine Probleme mit der fehlenden Übereinstimmung solchen Verhaltens mit den moralischen Vorgaben der katholischen Kirche sah.

Meine Schwester bemerkte sehr wohl, wie ich mit mir rang, ob ich nicht vielleicht auch an solchen Spielen teilnehmen wollte. Sie gab mir deshalb einige Beispiele aus vergangenen Partys und forderte mich auf, darüber nachzudenken, ob ich dazu wirklich (schon) bereit sei: Mädchen wie Jungs wurden aufgefordert, einem Vertreter des jeweils anderen Geschlechts einen Zungenkuss zu geben (was war das denn?), Mädchen mussten Kleidungsstücke wie BHs ausziehen und in die Kreismitte legen, Mädchen mussten fünf Sekunden lang ihre Titten (sie sagte wirklich Titten, nicht

Brüste!) allen Anwesenden zeigen, bevor sie sie wieder bedecken durften, Jungs mussten sich in ihrem Schritt reiben und dann allen anderen das Ergebnis in ihrer Hose zeigen, das dann manchmal vom nächsten Mädchen geküsst werden musste, oder Jungs oder Mädchen wurden nach bestimmten sexuellen Praktiken befragt.

Meine Schwester sah mein entsetztes Gesicht und fragte mich ernsthaft, ob ich mich denn solchen Situationen wirklich aussetzen wollte. Vorsichtig schüttelte ich den Kopf. Meine Schwester fand das eine gute Entscheidung, meinte aber, dass ich ja sozusagen als Zwischenschritt erst einmal an öffentlichen Partys beispielsweise organisiert von der katholischen Jugend der Pfarrei teilnehmen könne, um mich langsam an dieses Gebiet heranzutasten. Ich fand, das war eine gute Idee, und bat sie, mich zu informieren, wann wieder so ein Event stattfinden würde, von dem sie dachte, dass es für mich geeignet sei.

Einige Wochen später war es dann so weit. Bei ihrem letzten Besuch zu Hause hatte mich meine Schwester über die folgende Party, organisiert im Gemeindesaal der katholischen Kirche unseres damaligen Stadtviertels, informiert und vorgeschlagen, sie zu begleiten. Meine eher zaghafte Frage, ob ich denn meine Schwester begleiten dürfe, wurde von meiner Mutter bejaht. Nicht unerwartet fügte sie hinzu, dass ich auf meine

Schwester hören solle und wir beide um 22 Uhr abgeholt würden. Mein Einwand, dass dies bei einem Beginn um 19:30 Uhr viel zu früh sei, wurde einfach ignoriert; ich könne ja zu Hause bleiben und ihr im Haushalt helfen. Da hielt ich es doch lieber mit dem alten Sprichwort, dass der Spatz in der Hand immer noch besser sei als die Taube auf dem Dach ...

Es war also beschlossen – am Samstag ging ich das erste Mal zu einer Party. Ich war aufgeregt ohne Ende, gleichzeitig aber auch besorgt, weil ich nicht wirklich wusste, was auf mich zukam. Am Morgen des Samstags versuchte ich so viel als möglich aus meiner Schwester herauszubekommen, aber das erwies sich als schwierig, weil sie am Vorabend erst spät von ihrer Ausbildung aus Rheinland-Pfalz zurückgekehrt war und deshalb lange schlief. Allerdings fand sie im Lauf des Tages wenigstens die Zeit, mich hinsichtlich der Kleidung zu beraten. Angesichts meiner geringen Erfahrung und der Jahreszeit – es war inzwischen Herbst geworden – empfahl sie mir einen etwas mehr als knielangen Rock und einen farblich passenden Rollkragenpullover, der allerdings nicht zu eng anliegen sollte, sonst würden die Jungs »zu sehr auf meine ordentlichen Titten glotzen« – wieder diese mir vollkommen ungewohnte Ausdrucksweise; »Brüste« hätte es ja auch getan! Ich folgte ihrem Rat und kurz nach 19 Uhr wurden wir dann von unserer Mutter zum Gemeindehaus gefahren. Dabei versäumte sie es nicht, uns daran zu erinnern, dass wir keinen »Blödsinn« (was immer das heißen mochte) anstellen sollten und wir von unserem Vater Punkt 22 Uhr abgeholt würden.

Nervös betrat ich hinter meiner Schwester den Gemeindesaal, zahlte meinen Eintritt und folgte ihr zu einem der Tische in einem Eck des Raums. Sie traf sich dort mit ihrer Clique, deren Mitglieder ich zum Teil schon von unseren Hauspartys kannte, und stellte mich als ihre kleinere Schwester vor. Großen Eindruck schien ich auf sie nicht zu machen; zwar taxierten mich vor allem einige der Jungs – ehrlich gesagt galt ihr Interesse eher meiner Oberweite als dem Rest meines Körpers und vor allem nicht meinem Gesicht, das ich doch das erste Mal mithilfe meiner Schwester leicht geschminkt hatte –, sie ignorierten mich aber ansonsten. Die anderen unterhielten sich über Dinge, bei denen ich nicht mitreden konnte, sodass ich mir den Raum etwas näher anschaute. Er hatte ziemliche Ähnlichkeit mit einem größeren Gastraum einer Gaststätte: Längere Tischreihen machten einen Großteil des hell erleuchteten Raums aus, der einzige Unterschied war die Stereoanlage an der einen der beiden kürzeren Seiten in der Nähe der Eingangstür und der davor befindlichen Freifläche, die wohl als Tanzfläche dienen sollte.

Und dann ging's los. Mit einem lauten Tusch

begrüßte ein älterer Jugendlicher alle Anwesenden und wünschte uns einen schönen Abend. Ein Diskjockey legte Platten auf und je nach Musikstil war die Tanzfläche unterschiedlich gut gefüllt. Der Großteil schien schon öfter an solchen Partys teilgenommen zu haben, einige waren offensichtlich auch Pärchen, denn sie tanzten nur miteinander. Auch von unserem Tisch begaben sich einige auf die Tanzfläche, und ich – ich blieb einfach sitzen: Niemand schien sich für mich zu interessieren, niemand schien mich wahrzunehmen. Zwischen den einzelnen Runden verschwanden einige wieder durch die Eingangstür, zum Teil um sich an der Garderobe etwas zu trinken zu kaufen, zum Teil aber verließen sie das Gebäude auch ganz, vermutlich um frische Luft zu schnappen. Das konnte ich nachvollziehen, denn es wurde zunehmend warm im Raum. Dummerweise konnte ich nicht wie viele andere einen Teil meiner Kleidung ablegen – ich hatte ja nur einen etwas dickeren Rollkragenpullover an; das nächste Mal – so es denn ein nächstes Mal geben würde – würde ich besser eine Bluse mit Strickjacke oder dünnem Pullover anziehen.

Insgesamt wurde ich zunehmend frustriert und verärgert. Niemand interessierte sich für mich, niemand forderte mich zum Tanzen auf. Ich saß wie Aschenputtel ziemlich alleine an unserem weitgehend leeren langen Tisch. Woran lag es? War ich nicht angemessen gekleidet? Da konnte etwas dran sein, denn die anderen Mädchen hatten kürzere Röcke oder knackige Hosen an, zeigten Ausschnitt oder trugen (sehr) eng anliegende Blusen oder Pullover. Einige bewegten sich auf schwindelerregend hohen Absätzen – ich hatte zwar auch Schuhe mit Absätzen an, die aber eher zur Kategorie »Großmutter« zu zählen waren – und erweckten damit den Eindruck endloser Beine. Auch unter diesem Aspekt war also für eine Wiederholung eine Verbesserung meinerseits notwendig, wobei es mir nicht auf Anhieb klar war, wie ich das anstellen sollte. Denn derartige Kleidungsstücke wären für meine Mutter mit Sicherheit inakzeptabel gewesen (ganz abgesehen von der Tatsache, dass ich solche Teile einfach nicht besaß). Aber die Kleidung alleine konnte es auch nicht sein, denn meine Schwester war ähnlich konservativ gekleidet und amüsierte sich trotzdem offensichtlich ganz köstlich. Dass der Abend nicht zu einem vollkommenen Desaster wurde, verdankte ich schließlich meiner Schwester, die wohl mehr aus Mitleid den einen oder anderen Jungen dazu brachte, mit mir zu tanzen. Dabei versuchten sie etwas Smalltalk zu machen, worauf ich allerdings nicht vorbereitet war, sodass ich allenfalls sehr einsilbige Antworten gab – Eigenwerbung sieht anders aus. Aus heutiger Sicht kann man nur festhalten, dass ich so ziemlich alles dafür getan hatte, dass der Abend eine einzige Katastrophe wurde.

Als meine Schwester und ich Punkt 22 Uhr den Saal verließen, stand unser Vater schon am vereinbarten Treffpunkt und brachte uns nach Hause. Ohne noch ein Wort zu verlieren, ging ich sofort auf mein Zimmer und weinte mich in den Schlaf – was für ein Desaster. Ich war wütend und schwor mir, nie mehr – wirklich nie mehr – an so einer Veranstaltung teilzunehmen. Vor Erschöpfung schlief ich schließlich ein.

Am nächsten Morgen versuchte ich den anderen Familienmitgliedern so weit als möglich aus dem Weg zu gehen; Rückfragen nach meiner ersten »externen« Partyerfahrung – und das im Alter von vierzehn Jahren – beantwortete ich nur sehr schmallippig. Alleine mit meiner älteren Schwester hätte ich gerne noch über meine Gefühle gesprochen, doch das ging nicht, da sie schon bald wieder zu ihrem Ausbildungsort aufbrechen musste.

Dieses Gespräch fand dann erst anlässlich ihrer nächsten Familienheimfahrt statt. Ich begann eine lange Litanei, in der ich mir meine ganze Frustration von der Seele reden wollte, doch allzu weit kam ich nicht. Sie unterbrach mich schon nach den ersten Worten und machte mir klar, dass ich an der Situation ganz alleine schuld sei. Mit weit geöffneten Augen sah ich sie entsetzt an: Ich? Selbst schuld? Die anderen ignorierten mich, und jetzt sei ich auch noch selbst schuld?

Mich ergriff ein Heulkrampf und ich konnte daher ihren weiteren Ausführungen nicht mehr folgen. Irgendwann packte sie mich an den Armen, schüttelte mich und zwang mich, ihr zuzuhören. Und das, was ich zu hören bekam, gefiel mir zwar nicht, aber zunehmend musste ich ihr recht geben.

Natürlich ignorierten mich die anderen, aber warum sollten sie nicht? Sie kannten mich nicht, ich zeigte keinerlei Interesse an ihnen, ich war eher abweisend, kurz: Ich benahm mich wie eine Diva, die gönnerhaft ihre Huld verteilte. Und schließlich sei ich mit meiner Kleidung – für die ich allerdings wenig konnte, denn zum einen hatte ich nur sehr konservative Kleidung, und zum anderen wäre mir von zu Hause aus auch keine andere Kleidung erlaubt worden – auch nicht gerade der Hingucker gewesen. Dieses Defizit müsse ich eben durch aktives Zugehen auf die anderen Teilnehmer ausgleichen; sich nur in eine Ecke zurückzuziehen sei deshalb nicht der richtige Weg.

Ich hätte sie umbringen können: Was erlaubte sie sich? Aber dummerweise hatte sie recht. Voller Wut, zunehmend allerdings auf mich, zog ich mich schmollend in mein Zimmer zurück. Wenn meine Schwester recht hatte – und ich fürchtete, dass dem so sei –, dann gab es für mich nur zwei Möglichkeiten: Entweder ich verzichtete in Zukunft auf jede Form von Party und endete als alte

Jungfer, oder ich nahm mir die Ratschläge meiner Schwester zu Herzen und änderte mein Verhalten.

Mein innerer Kampf dauerte mehrere Tage, doch dann siegte die Vernunft. Ich würde mich nicht unterkriegen lassen, ich würde mich der Situation stellen und in Zukunft weniger unnahbar auftreten. Meine Mutter sah das zwar anders und versuchte mich in meiner bisherigen Haltung zu bestärken, aber wozu würde das führen? Ich würde noch weiter isoliert, das konnte und durfte nicht sein.

Sich gute Vorsätze vorzunehmen, ist eine Sache, sie aber auch tatsächlich umzusetzen eine andere. Entsprechend nervös war ich, als meine Schwester mich fragte, ob ich denn mit zu einer der folgenden Partys gehen würde, wieder organisiert von der katholischen Jugend unseres Stadtteils. Gemäß dem alten Sprichwort, wer A sagt, muss auch B sagen, sagte ich ihr zu, wenngleich mir mehr als mulmig war, vor allem je näher der Termin rückte. Versuche meinerseits, meine Mutter zum Kauf (etwas) weniger konservativer Kleidung zu überreden, erwiesen sich als keineswegs zielführend. Mit dem Hinweis, dass an meiner Kleidung für ein anständiges Mädchen ja wohl nichts auszusetzen sei (und ich sei doch wohl ein anständiges Mädchen, oder?), musste ich auch für die nächste Party auf meinen vorhandenen Bekleidungsfundus zurückgreifen. Allerdings ersetzte ich den Rollkragenpulli durch eine weiße Bluse mit dünnem braunem Pulli darüber, wieder kombiniert mit meinem dunkelbraunen Glockenrock und meinen »Großmutterschuhen« mit leichtem Absatz.

Am Tag der Veranstaltung wurden meine Schwester und ich pünktlich um 19:30 Uhr zum Gemeindezentrum gefahren und dort mit der Ermahnung abgesetzt, sich anständig zu benehmen und auf keinen Fall später als Punkt 22 Uhr an der vereinbarten Stelle zu sein, an der uns unser Vater wieder abholen würde. Und dann war es so weit: Ein junges Mädchen, bereit, wesentlich aufgeschlossener aufzutreten als das erste Mal, ging in den Raum, der sich in nichts von dem des letzten Events unterschied. Der Raum war identisch, aber ich war nicht mehr die Gleiche.

Im Nachhinein betrachtet war der Abend für mich durchaus angenehm. Einen Teil der Gesichter erkannte ich wieder, ich beteiligte mich von Anfang an am Smalltalk an unserem Tisch, auch wenn ich bei einigen Themen wie Mode oder Jungs nicht mitreden konnte, ich zeigte mich offen bei den Tanzrunden, vor allem denen mit schneller Musik, und bemühte mich, nicht wieder als Zicke aufzutreten. Nur mit den langsameren Tanzrunden hatte ich so meine Probleme. Je länger der Abend wurde, umso mutiger wurden die Jungs und legten schon einmal ihre Hände nicht nur auf den Rücken der Mädchen, sondern durchaus auch tiefer. Und manche der Mädchen forcierten dieses Verhalten auch noch, indem sie sich küssen ließen beziehungsweise von sich aus die Initiative zum Küssen ergriffen. Ich versuchte mich den langsamen Tanzrunden zu entziehen – wozu gibt es denn Toiletten? – und war eigentlich froh, als es 22 Uhr wurde und wir gehen mussten (oder sollte ich eher sagen: durften?). Aber noch etwas zeigte sich an diesem Abend: Es war zwar eine gute Entscheidung, eine Bluse mit Pullover, den man ausziehen konnte, zu tragen, doch wenn man ihn auszog, musste man auch dafür sorgen, dass die Bluse entweder blickdicht war oder de facto durch Unterhemd und BH blickdicht wurde. Glücklicherweise war das bei mir der Fall, denn für ein anständiges Mädchen wie mich verstand es sich von selbst, dass ich nicht nur ein weißes, blickdichtes Unterhemd trug, sondern auch einen unauffälligen, hautfarbenen BH. Die Idee anderer Mädchen, ohne Unterhemd und/oder mit farbigem BH zur Veranstaltung zu gehen, wäre mir nie gekommen – und das gehörte sich auch nicht; da hatte meine Mutter absolut recht.

Nach diesem Abend gehörte ich dazu. Ich war sicherlich nicht der Star der Gruppe, aber als Mitläuferin durchaus akzeptiert. Das lag nicht zuletzt auch an meiner Schwester, die sehr gut integriert war und sich auch an die »Regeln« der Gruppe hielt. Bei den folgenden Veranstaltungen verschwand auch sie immer wieder für einige Minuten (oder auch länger) aus dem eigentlichen Partyraum. Ich hatte zwar einen Verdacht, wagte ihn aber eigentlich nicht zu denken, geschweige denn mir vorzustellen, was sie außerhalb des Gemeindesaals »trieb«: Denn es war nicht nur sie, die plötzlich weg war, sondern auch immer gleichzeitig einer der Jungs – meine Schwester!

Aber nicht nur sie erweckte das Interesse der Jungs, auch ich schien zunehmend in den Interessenmittelpunkt eines Jungen geraten zu sein. Es war ein deutlich größerer, langer Schlaks, vermutlich schon 18 Jahre alt und der Nachkomme einer bekannten italienischen Eisdielendynastie unserer aktuellen Heimatstadt. Er forderte mich bei den folgenden Partys im Gemeindezentrum immer häufiger zum Tanzen auf, ja, eigentlich hatten alle anderen Jungs keine Chance mehr, so sehr nahm er mich in Beschlag. Das fiel auch den anderen Mitgliedern unserer Gruppe auf, sodass sich sogar meine Schwester erkundigte, ob ich denn jetzt mit ihm »ginge«. Ich wies dies selbstverständlich vehement von mir, musste aber zugeben, dass die Frage nicht ganz unberechtigt war. Es stimmte einfach: Bei den Partys tanzte ich fast nur noch mit ihm, und um ehrlich zu sein, gefiel mir das durchaus. Das traf primär auf die schnellen Tanzrunden zu, aber mittlerweile ließ ich mich von ihm auch bei den langsameren Runden auf die Tanzfläche führen. Ich fühlte mich inzwischen selbst dabei ziemlich wohl in seinen Armen und erlaubte ihm sogar den »Klammergriff«, bei dem der Abstand unserer Körper nur mehr sehr gering war. Ich hatte auch in einigen Situationen den Eindruck, dass er mich küssen wollte, was ich aber durch geschickte »Fluchtbewegungen« zu verhindern wusste. Gerechterweise musste ich mir aber auch eingestehen, dass ich mich dadurch durchaus geschmeichelt fühlte. Mir war klar, dass der erste Kuss meines Lebens nicht mehr lange auf sich warten lassen würde, aber beschleunigen musste ich das Ganze ja nun auch nicht ...

Neben den Partys im katholischen Gemeindezentrum fanden auch weiterhin Partys zu Hause bei Mitgliedern der Clique statt, und das nicht nur bei uns, sondern auch bei den Eltern anderer Jugendlicher aus der Gruppe. So war es nicht weiter verwunderlich, dass auch die Familie der Eisdielendynastie einige Wochen später zu so einem Ereignis einlud. Mittlerweile war es auch keine Frage mehr, ob ich eingeladen wurde oder nicht; das war inzwischen selbstverständlich, ich gehörte einfach dazu. Auch vonseiten unserer Eltern gab es keine Einwände, schließlich war die Familie in der Kirchengemeinde gut bekannt und nach ihrer Meinung auch sozial für ihre Töchter angemessen. Ich freute mich einerseits, wusste aber andererseits auch, dass dies eine neue Stufe der

»Beziehung« zu diesem Jungen darstellen würde, denn der Schutz der Öffentlichkeit fiel natürlich in einem Privathaus weg. Lange überlegte ich mir mein Outfit für diesen Abend – mittlerweile benötigte ich nicht nur aufgrund meiner erneut gewachsenen Oberweite (inzwischen Cup-Größe B) neue Kleidungsstücke –, entschied mich dann aber doch wieder für ein sehr konservatives Ensemble aus einem mehr als knielangen dunkelblauen Plisseerock mit weißer Bluse und hellblauem, dünnem Pulli, da es in den Räumen der Gastgeber im Lauf des Abends sicherlich sehr warm würde – und das in mehrerlei Hinsicht ... Dass ich unter meiner Bluse ein blickdichtes weißes Unterhemd und einen hautfarbenen BH trug, verstand sich ja wohl von selbst – anders hätte ich mein Elternhaus auch sicherlich nicht verlassen dürfen!

Der Abend hielt zunächst, was er versprochen hatte. Es gab Knabbereien und Getränke, wobei ich selbstverständlich auf Alkoholisches verzichtete – ich wollte ja schließlich einen klaren Kopf behalten für das, was vermutlich noch kommen würde. Es wurde viel gequatscht, gelacht und getanzt, insgesamt herrschte eine gelöste Stimmung. Ich war keineswegs überrascht, dass ich den ganzen Abend vom »Gastgeber« in Beschlag genommen wurde, was mir auch durchaus schmeichelte. Wir ließen praktisch keine Tanzrunde aus, zumal mir die Musik auch sehr gefiel. Je mehr langsame

Tanzrunden kam, umso mutiger wurde mein Tanzpartner. Ich ermunterte ihn zwar nicht direkt, unternahm aber auch nichts, was er als Widerstand hätte werten können. So wurden unsere Gespräche während der langsamen Tanzrunden immer kürzer, während gleichzeitig zwischen unseren Körpern eigentlich kein Abstand mehr war. Wir hatten unsere Hände jeweils um den Hals des anderen gelegt, und ich schmiegte meinen Kopf an seinen Oberkörper, wie ich es auch bei den anderen Mädchen gesehen hatte. Das ging so eine ganze Zeit, bis er allmählich seine Armhaltung änderte und seine linke Hand begann, meinen Rücken zu erkunden: über die Schulterblätter zu meinem BH-Verschluss die Wirbelsäule entlang bis zu den Lendenwirbeln. Ich versteifte mich leicht, ließ ihn aber gewähren. Von dieser Reaktion – oder besser Nicht-Reaktion – ermutigt, glitten seine Hände weiter in Richtung meines verlängerten Rückens und drückten mich noch fester an sich. Gleichzeitig fing er an, meinen Kopf mit seinen Lippen zu liebkosen: die Stirn, die Wangen, die Ohren. Auch wenn ich mich weiterhin passiv verhielt, konnte ich eine mir bis dahin nicht bekannte körperliche Reaktion bei ihm wahrnehmen: Sein Penis begann offensichtlich zu wachsen, denn plötzlich drückten nicht nur seine beiden Beine gegen meinen Unterkörper. Und eh ich mir noch weitere Gedanken machen konnte, suchte sein Mund plötzlich den meinen – mein erster Kuss. Vorsichtig drückte er seinen Mund erst auf meine obere Mundhälfte, dann auf die untere, bevor sich unsere beiden Lippen vollständig trafen. Das Gefühl war alles andere als unangenehm, aber auch nicht so überragend, dass es der Höhepunkt meines bisherigen Lebens gewesen wäre. Mutig geworden fing er darüber hinaus an, an meinen Lippen zu knabbern. Wir knutschten also in aller Partyöffentlichkeit, während gleichzeitig seine Hände mittlerweile auf meinem Po gelandet waren, den er zärtlich streichelte – und ich mich fragte, ob ich nicht doch einen dickeren Rock hätte anziehen sollen, denn er konnte die Form meines Pos schon sehr deutlich wahrnehmen. Offensichtlich empfand er das als sehr reizvoll: Da er mich nämlich noch fester hielt, konnte ich seine wachsende Erregung zwischen seinen Beinen mehr als deutlich spüren.

Das war also dieses so lang erwartete Gefühl: nicht unangenehm, aber auch keineswegs spektakulär. Es gehörte wohl dazu und ich wollte mich dem nicht verschließen. Nach einiger Zeit endete die Tanzrunde und ich wollte etwas trinken. Galant geleitete mich mein Freund – das war er ja wohl jetzt – zum Getränketisch, schenkte mir ein Glas mit Limonade ein und schaute mich verliebt an. Ich trank hastig, da ich nicht wusste, wie ich darauf reagieren sollte. Allerdings war die Pause nicht allzu lang, sodass er mich gleich wieder auf die kleine Tanzfläche zerrte und bei den folgenden langsamen Tanznummern da weitermachte, wo er gerade aufgehört hatte. Wie bei einigen anderen Paaren auch verschmolzen unsere Körper mehr oder weniger, und wir setzten unsere wilde Knutscherei fort. Ich dachte, dass damit der Höhepunkt des Abends für mich gekommen sei, doch weit gefehlt. Während der nächsten Tanzrunde spürte ich plötzlich seine Zunge an meinem Mundeingang. Vollkommen verwirrt überlegte ich, was das denn nun zu bedeuten habe. Aber auch das wurde mir bald klar. Seine Zunge war zunehmend fordernd, er wollte mit ihr offensichtlich in meinen Mund eindringen. Wie Schuppen fiel es mir von meinem geistigen Auge: Er wollte mich nicht nur oberflächlich küssen, nein, er wollte offensichtlich einen Zungenkuss, von dem ich zwar schon gehört hatte, unter dem ich mir aber ehrlich gesagt nichts Genaues vorstellen konnte. Zögerlich öffnete ich meine Lippen und ließ ihn eindringen. Mit einer für mich unerwarteten Vehemenz fing er an, alle Ecken meines Mundes zu erkunden und mit meiner Zunge zu spielen. Das Ganze dauerte für mich eine kleine Ewigkeit, wobei es ihm überhaupt nichts auszumachen schien, dass ich mich an dem Züngeln eigentlich nicht aktiv beteiligte. Er konnte von meiner Zunge und meiner Mundhöhle einfach nicht genug bekommen. Um ehrlich zu sein: Es gefiel mir von Anfang an nicht besonders und nach einiger Zeit empfand ich es nur noch als lästig und unangenehm: igittigitt!

So schnell als irgend möglich löste ich mich von ihm unter dem Vorwand, auf die Toilette zu müssen – in solchen Situationen einfach die beste Einrichtung der Welt! Als ich zurückkam, hatte ihn wohl das schlechte Gewissen gepackt, denn er wollte wissen, ob es mir gut gehe. Natürlich konnte ich ihm nicht die Wahrheit sagen – das machten wohl alle Paare so und ich wollte keineswegs erneut als Zicke gelten –, sodass ich ihm nur mitteilte, dass alles in Ordnung sei, aber meine Schwester und ich allmählich aufbrechen müssten, da uns unser Vater bald abholen werde. Es war in der Tat kurz vor 23 Uhr, der vereinbarten Abholzeit, sodass meine Flucht nicht weiter auffiel. Ich bedankte mich artig bei ihm für den schönen Abend (das macht man doch so, oder?), küsste ihn zart auf den Mund, verließ das Haus und stieg wortlos in unser Auto. So endete der Abend meines ersten Zungenkusses, an dem ich bis heute nichts finden kann. Mittlerweile weiß ich, dass es auch anderen Menschen so ergeht und ich damit also keineswegs eine Außenseiterin bin ...

Das war mein Erlebnis des ersten Zungenkusses. Ich lag in der Nacht lange wach und ließ die Ereignisse Revue passieren. Ich fühlte mich schlecht, zum einen weil ich diesen Kuss einfach als schrecklich empfand, zum anderen aber auch, weil ich den jungen Mann nicht mehr wiedersehen konnte und wollte. Normalerweise hätte ich jetzt den Rat meiner Schwester gesucht, aber sie musste schon am Tag nach der Party zurück zu ihrer Ausbildung. Da auch ihr nächster Wochenendbesuch erst für Wochen später geplant war, wendete ich mich in meiner Not an meine Mutter. Sie bestätigte mein Urteil, dass Zungenküsse nun wahrlich nicht notwendig seien, und bestärkte mich in meinem Entschluss, ihn nicht mehr sehen zu wollen. Daran änderte dann auch der Blumenstrauß nichts mehr, den ich zu Beginn der folgenden Woche von ihm erhielt. Ich bedankte mich einige Tage danach schriftlich mit wohlgesetzten Worten, aus denen aber auch deutlich wurde, dass es keine Zukunft für uns als Pärchen gebe. In den Wochen danach erhielt ich noch einige Einladungen zu weiteren Partys, die ich aber alle ausschlug. Irgendwann wurden die Einladungen dann immer seltener, bis sie schließlich ganz ausblieben.

So endete meine kurze »Partykarriere«, was für meine Schwester übrigens nicht nachvollziehbar war: Sie meinte, dass ich mich nicht so prüde anstellen solle. Und auch sonst änderte sich in dieser Zeit mein Leben grundlegend. Die Schulzeit lag nun hinter mir und ich begann eine Lehre als Damenschneiderin, vermittelt von meinen Eltern, da sie mir keine weitergehende Schule zutrauten. Auch wenn dies zunächst nicht mein

Traumberuf war – ehrlich gesagt hatte ich nicht wirklich eine Ahnung, was ich machen wollte –, so begann ich doch bald an der Ausbildung Gefallen zu finden: Schöne Stoffe und pfiffige Schnitte fand ich zunehmend interessant. Und meine Freizeit verbrachte ich nicht zuletzt auch aus Mangel an Alternativen – Sport fand ich völlig uninteressant, für Musik war ich nach Einschätzung meiner Familie nach einem kurzen Versuch, Gitarre zu lernen, unbegabt, und zu allem anderen brauchte man nach Meinung meiner Eltern Begleitung, die ich nun einmal nicht hatte, weil ich mich auch mit Freundschaften zu Mädchen bis heute relativ schwer tue – zunehmend und zur Freude meiner Mutter zu Hause, indem ich ihr im Haushalt zur Hand ging. Sie begrüßte das sehr, denn dadurch würde ich mich schließlich auf meine zukünftige Ehe vorbereiten. Dass ich eines Tages heiraten würde, stand für sie außer Frage – und sie sollte recht behalten.

Zwiespalt

Eines Tages sah ich dann ihn, ihn, der bis heute an meiner Seite ist. Ich lernte ihn in meinem ersten Tanzkurs kennen, denn wenn meine Partyzeit etwas Gutes hatte, dann die Entdeckung, dass ich unheimlich gern tanzte, und zwar nicht dieses wilde Partygehupfe, sondern den klassischen Gesellschaftstanz, also Quickstep, Walzer, Jive oder Samba. Ihm erging es genauso und so besuchten wir nicht nur einen Tanzkurs zusammen. Dass wir überhaupt zusammenkamen, verdankten wir auch der Tatsache, dass wir beide keine Draufgänger, sondern eher schüchtern waren und sind. So tanzten wir schon in unserer ersten gemeinsamen Tanzstunde zusammen und wurden schon bald als Pärchen akzeptiert (ohne dass wir es zu diesem Zeitpunkt schon gewesen wären ...).

Natürlich musste ich meine Eltern über ihn informieren, denn wir gingen nicht nur zum Zwischenball unseres ersten Tanzkurses, sondern dann auch zum Abschlussball, an dem traditionell auch die Eltern der Tanzschüler teilnahmen. Sie musterten ihn bei dieser Gelegenheit von Kopf bis Fuß und machten sehr deutlich, dass ein gemeinsamer Tanzkurs noch keineswegs eine spätere Ehe bedeutete. Ich hätte vor Scham im Boden versinken können, als mein Vater, typisch für seinen Dünkel als, Bankdirektor, diesen Gedanken auch noch laut aussprach. Dabei ging es mir zu diesem Zeitpunkt wirklich nur ums Tanzen. Außerdem fand ich es sehr angenehm, dass er aufgrund seiner eigenen Schüchternheit überhaupt nicht zudringlich wurde – kein Kuss, schon gar kein Zungenkuss. Wir hielten eher schüchtern Händchen und er nahm mich auch schon einmal in seine Arme, aber weiter ging er nicht. Eigentlich war er mir fast schon zu zurückhaltend.

Dass es überhaupt zu mehr als diesem ersten Tanzkurs kam, hatte auch mit der Einschätzung meiner Eltern zu tun. Eigentlich war er ihnen für ihre zweite Tochter zu alt: Er war mehr als sechs Jahre älter und absolvierte bereits den zweiten Teil seines Studiums. Auf der anderen Seite hatten sie den Eindruck, dass er sehr zielstrebig sei. Dieser Eindruck hat sich übrigens im Nachhinein als richtig herausgestellt: Er absolvierte sein Studium in der Mindeststudiendauer, promovierte später und wurde dann ein erfolgreicher Manager, sodass wir bis heute keine finanziellen Probleme haben.

Aber soweit waren wir noch nicht. Vorerst waren wir mit Tanzen – in der Tanzschule wie auch bei allgemeinen Tanzveranstaltungen, die es damals in der Großstadt noch zuhauf gab – vollauf beschäftigt und zufrieden. Entsprechend den Kontrollprinzipien meiner Eltern (oder sollte ich besser sagen: ihrem Kontrollwahn?) wurde er schnell in das Familienleben integriert. Wenn wir uns außerhalb des Tanzens trafen, dann grundsätzlich bei mir zu Hause; schließlich war ich ja noch sooo jung … Das hatte für meine Eltern den Vorteil, dass sie uns leicht überwachen konnten. Natürlich konnten wir die Tür zu meinem Zimmer schließen (abschließen konnten wir nicht, weil es keine Schlüssel gab), aber das bedeutete nur, dass innerhalb kürzester Zeit eines meiner jüngeren Geschwister aus mehr oder weniger nichtigem Anlass in mein Zimmer stürmte, selbstverständlich auf Wunsch vor allem meiner Mutter. Da spielte es dann auch keine Rolle mehr, ob sie anklopften oder nicht, Zweisamkeit – vor allem bei so schüchternen Menschen wie uns beiden – kam da natürlich nicht auf.

So dauerte es mehrere Monate, bis wir uns zum ersten Mal küssten – ein ganz zarter Kuss im Auto meiner Mutter auf einem dunklen Autobahnrastplatz nach der Rückfahrt von einer Besorgung für sie. Er fuhr zu diesem Zweck extra den Parkplatz an, damit wir uns endlich einmal küssen konnten. Ich empfand diesen unseren ersten Kuss als sehr angenehm: Zärtlich pressten wir unsere Lippen aufeinander, kein Versuch seinerseits, mit seiner

Zunge in meinen Mund einzudringen. Später kam es zu Zungenküssen, aber als ich ihm sagte, dass ich sie nicht leiden könne, hat er es nur noch sehr selten versucht.

Damit war der Knoten geplatzt. Fortan küssten wir uns zur Begrüßung und zum Abschied, und durchaus auch zwischendrin, zumindest solange wir ungestört waren. So sehr ich das auch genoss, so kam es doch von seiner Seite zu keinen weiteren Annäherungsversuchen. Einerseits war ich froh darüber (wie weit hätte ich es denn kommen lassen?), andererseits stellte ich mir zunehmend die Frage, ob ich für ihn nicht attraktiv genug sei. Dabei fand ich mich mitten in meiner Teenagerzeit im Nachhinein durchaus vorzeigbar: Ich war mittelgroß, hatte mittellange blonde Haare, für mein Alter einen beachtlichen Busen (irgendwo zwischen Körbchengröße B und C) und eine ansehnliche Figur, wobei ich allerdings meine Oberschenkel als zu dick empfand. Und das bereitete mir Probleme, sodass ich auch aus diesem Grund Röcke und Kleider trug, die über die Knie gingen. Natürlich bekam ich mit, dass er auch anderen Mädchen nachsah, die damals – es war die Mitte der 70er-Jahre des letzten Jahrhunderts – überwiegend Miniröcke oder kurze Kleidchen trugen, und das nicht nur im Sommer. Nach meiner Einschätzung konnte ich das nicht tragen, und hätte es vermutlich auch vonseiten meiner Mutter nicht gedurft. An dieser Stelle konnte ich also nicht punkten. Eine andere Möglichkeit wäre ein Spiel mit meiner Oberweite gewesen, aber auch da waren mir ziemlich enge Grenzen gesetzt. Selbst wenn ich vor allem im Sommer auf die Idee gekommen wäre, an meinen Blusen den einen oder anderen Knopf mehr als sonst zu öffnen, hätte das nichts gebracht, denn es gab die klare Vorgabe von zu Hause aus, nie ohne weißes (blickdichtes) Unterhemd herumzulaufen – über die Farbe des BHs brauchte man dann auch nicht mehr zu diskutieren. Grundsätzlich hätte es dann noch die Möglichkeit von Kleidern mit größerem Ausschnitt gegeben, was aber wegen meiner Eltern auch unmöglich war. Selbst meine (langen) Ballkleider waren so brav, dass ich damit keineswegs seine Aufmerksamkeit auf mich ziehen konnte. Seinen Blicken entnahm ich sehr deutlich, dass er all das wahrnahm, ohne jedoch jemals darüber ein Wort zu verlieren. Und über allem schwang dann auch noch der Grundsatz, dass sich das für ein anständiges katholisches Mädchen aus gutem Hause nicht gehöre – auf den Gedanken, gegen diese »Gesetze« zumindest außer Haus zu verstoßen, kam ich nicht; das wäre einfach nicht schicklich gewesen. Ich war schließlich so verzweifelt, dass ich sogar einmal meiner Mutter – meine Schwester hatte sich von mir nach dem Beginn meiner Freundschaft zurückgezogen, vermutlich, weil sie

44

selbst einen Blick auf meinen zukünftigen Mann geworfen hatte – mein Leid klagte. Ihre Antwort war, ich solle doch einfach froh sein, dass er mich nicht bedrängte. Es kam allerdings erschwerend hinzu, dass er neben seinem Studium auch noch bis zu fünfmal die Woche Sport trieb, wodurch er verständlicherweise häufig müde war. Damit gab ich mich dann zunächst zufrieden, auch wenn mir klar war, dass sich an dieser Situation in absehbarer Zeit etwas ändern sollte und musste.

Und das tat es dann auch, und die Ursache waren Veränderungen bei meinen Eltern, wenn auch unfreiwillig und unbeabsichtigt (und sicherlich ungewollt). Hintergrund war unser Umzug in einen südlichen Vorort. Sie kauften dort ein deutlich größeres und repräsentativeres Haus mit einem großen Garten und geräumigen Zimmern auch für uns Kinder. Da meine ältere Schwester mittlerweile de facto ausgezogen war, diente ihr Zimmer, das neben meinem lag, häufig als Gästezimmer. Und weil mein Freund – und baldiger Verlobter – weiterhin häufig bei uns zu Gast war und das Haus meiner späteren Schwiegereltern knapp 40 Kilometer entfernt lag, boten ihm meine Eltern nur zu gerne an, bei uns, das heißt im Zimmer meiner älteren Schwester, zu übernachten – Kontrolle musste ja weiterhin sein (ansonsten hätten wir ja auf dumme Gedanken kommen und uns an anderen Orten treffen können).

Das Besondere an dieser Situation war nun, dass die beiden Zimmer mit einem Balkon verbunden waren. Außerdem lagen sie beide nach Westen, während alle anderen Schlafräume, das heißt die meiner Eltern und meiner kleineren Geschwister, nach Osten gingen. Es verstand sich von selbst, dass mein Freund und ich nicht im selben Zimmer übernachten durften, aber wir konnten uns natürlich heimlich treffen. Der Weg über den Flur war uns versperrt, da anderenfalls unser Hund angeschlagen hätte. Aber der Weg über den Balkon war frei, und das nutzte er von Anfang an aus.

Ich ließ es zum einen gerne geschehen, ja freute mich im Lauf der Zeit sogar auf ihn, hatte aber zugleich auch Angst, weil ich weder wusste noch mir vorstellen konnte, was denn alles geschehen würde. Am Anfang schlich er sich nur über den Balkon in mein Zimmer und Bett, um mich auf den Mund und weitere Teile des Kopfs zu küssen. Aber schon kurze Zeit später wurde er mutiger, blieb länger, ohne allerdings jemals eine ganze Nacht mit mir im selben Bett zu verbringen. Ich schickte ihn nach unseren Schmusereien immer wieder zurück in »sein« Zimmer, auch wenn ihm das vor allem am Anfang nicht passte; später fand er sich damit ab. Wenn er kam, lag ich ganz züchtig im Bett, bekleidet mit Nachthemd, Unterhemd und Slip, über mir die Bettdecke, mich schlafend stellend, sodass man (wer sollte dieser »man« eigentlich sein, frage ich mich inzwischen) mir keineswegs vorwerfen konnte, ihn zu welchen Taten auch immer zu ermutigen. Vor allem das Unterhemd war für mich von besonderer Bedeutung, denn ich folgte damit nicht nur den familiären Kleidervorgaben, sondern ich liebte es einfach, wenn er sich erst durch ein paar Lagen Stoff »durcharbeiten« musste, bevor er zu mir vordringen konnte – ich fand das romantisch.

In meinem Bett angekommen, fing er an, mich zu befummeln. Über die Tage und Wochen hinweg wurde der Aktionsradius seines Mundes und seiner Hände immer größer, sie streichelten und betasteten nicht nur meinen Kopf (was mir mit Ausnahme der Ohren gut gefiel; Berührungen an den Ohren kann ich bis heute nicht leiden) und meinen Rücken, sondern zunehmend auch meine Vorderseite. Er entwickelte schon bald eine besondere Vorliebe für meine Brüste, die, wie ich feststellen musste, eine meiner besonderen erogenen Zonen sind – ich liebte seine Berührungen an meinen Brüsten von Anfang an und tue es noch heute. Ich liebe es, wenn er sie in seine Hände nimmt, sie wiegt, sie und vor allem meine Brustwarzen mit seinem Mund verwöhnt. Dabei war und ist er zumindest für mich erstaunlich variabel: Er nimmt sie manchmal fast spielerisch nur ganz leicht zwischen die Lippen, um sie nur wenige Momente trotz ihrer Größe fast ganz in seinem Mund verschwinden zu lassen. Er liebt es, sie und vor allem meine Brustwarzen zu lecken oder zärtlich mit seinem Mund »anzuknabbern«. Diese seine Aktivitäten führten bei mir – und daran hat sich auch bis heute nichts geändert – zu wohligen Gefühlen. Folglich tat ich nichts, um ihn von seinen Aktivitäten abzuhalten, ja, ich sehnte mich zunehmend sogar danach, ohne ihm das allerdings jemals zu sagen oder zu zeigen. Alleine die Vorfreude darauf ... Aber gleichzeitig verhielt ich mich während all seiner Aktivitäten weitestgehend passiv: Es kam nur sehr selten vor, dass ich von mir aus aktiv wurde und ich ihn streichelte oder küsste. Ich ließ es bei mir geschehen, ich genoss es, aber selbst aktiv zu werden, nein, das brachte ich nicht über mich. Und daran hat sich bis heute praktisch nichts geändert. Ich weiß, dass ihn das am Anfang störte und dass es missverstanden werden konnte. Mittlerweile hat er sich mit dieser »Arbeitsteilung« abgefunden – und ich halte mich für ziemlich verkorkst, kann aber einfach nicht über meinen Schatten springen. Und ich bin von ganzem Herzen froh, dass er das alles akzeptiert und mich nicht verlassen hat. Er hätte sicherlich »willigere« Mädchen gefunden ...

Doch zurück zu unseren heimlichen Aktivitäten. Schnell musste ich feststellen, dass seine Fummelei und Küsserei nicht nur zu wohligen Gefühlen an meinen Brüsten führten, sondern auch weiter unten in meinem Körper. Ich konnte es mir am Anfang nicht erklären, aber es begann zwischen meinen Beinen zu jucken und ich war versucht, mich dort zu streicheln. Ihm entging natürlich nicht, dass seine Aktivitäten meinen ganzen Körper in Aufruhr versetzten. Unbewusst öffnete ich bei unseren nächtlichen Treffen meine Beine, was er als Einladung verstand, seine Beine zwischen meine zu schieben. Ich konnte dabei deutlich seine Erregung spüren – sein Penis und seine Beine drängten sich zwischen meine Beine und an meine Scheide. Gleichzeitig dehnte er den Radius der Aktivitäten seiner Hände weiter nach unten aus. Damit überschritt er für mich allerdings eine rote Linie. Ich verkrampfte mich beim ersten Mal vollständig und rollte mich zur Seite. Ich bat ihn zu gehen, was er dann auch – vermutlich vollkommen verständnislos – tat.

Bei der nächsten Gelegenheit redeten wir darüber. Ich machte ihm klar, dass mein Unterleib für ihn eine Tabuzone sei. Er sei meinem späteren Mann vorbehalten und ich würde ihm vor einer Heirat nie gestatten, dass er mich dort berühre. Ich gestand ihm allenfalls Streicheleien meines Pos zu, aber mehr wäre bis zum Tag meiner Eheschließung vollkommen ausgeschlossen. Ich sah und verstand durchaus, wie überrascht er war und wie er in den folgenden Wochen und Monaten darunter litt, aber ich blieb standhaft. Das war die

49

Vorstufe zum Geschlechtsverkehr – so viel wusste inzwischen sogar ich – und der durfte für eine gute Katholikin erst in der Ehe vollzogen werden. Meine Eltern wären richtig stolz auf mich gewesen.

Damit waren die Regeln für die kommenden Wochen und Monate festgelegt. Wir knutschten zunehmend auch in der Öffentlichkeit, ich ließ mich, wenn wir alleine waren, an so ziemlich allen Stellen oberhalb meines Unterleibs von ihm mit Fingern und Zunge verwöhnen (die einzige Ausnahme war mein Nabel, dessen Berührung mir unangenehm war) und ich hieß ihn bei seinen Übernachtungen im Nebenzimmer in meinem Bett willkommen. Ich genoss diese Zeit und war überglücklich, als wir beschlossen zu heiraten. Das änderte nun nichts an unseren sexuellen Aktivitäten, aber allein die Aussicht, dass ich dann ganz seine Frau sein würde, fand ich aufregend, wenngleich ich auch etwas Bammel hatte, was dann wohl sexuell auf mich zukommen würde.

Unser Beschluss zu heiraten stieß in beiden Familien keineswegs auf ungeteilte Zustimmung. Vor allem meinen Schwiegereltern war ich ein Dorn im Auge, aber auch meine Eltern konnten sich mit meinem zukünftigen Ehemann – ich fand diese Formulierung damals einfach nur berauschend – eigentlich nur aufgrund seiner glänzenden Karriereaussichten als Schwiegersohn anfreunden. Uns beide fochte das nicht weiter an, ganz im Gegenteil, unsere Gespräche drehten sich immer weniger um den Alltag, sondern immer mehr um unsere gemeinsame Zukunft, unsere Ziele, unsere Hoffnungen und Erwartungen – es war eine tolle Zeit.

Einige Monate vor diesem großen Ereignis feierte er seinen 25. Geburtstag und lud mich ein, mit ihm einen Erotikfilm im Kino anzuschauen. Ich bin kein großer Kinofan und hatte auch nicht wirklich eine Ahnung davon, was unter einem Erotikfilm zu verstehen war – ich hatte bisher keinen gesehen –, aber ich wollte ihm den Gefallen tun und willigte ein. Mit dem Titel »Die Geschichte der O« konnte ich nichts anfangen, wollte ihm gegenüber meine Unwissenheit aber nicht zugeben, da er Kenntnis zu haben schien, worum es in diesem Film ging – und wohl nicht nur er allein, denn das Kino war sehr gut gefüllt, überwiegend mit jungen Pärchen. Bereits nach den ersten Szenen sehnte ich das Ende des Films entgegen: Ich war einfach nur schockiert! Die Hauptdarstellerin unterwarf sich nicht nur ihrem Freund vollkommen, sondern auch Fremden, sie präsentierte sich nackt, ließ sich mit Peitschen und auch sonst schlagen, fesseln, an Armen und Beinen aufhängen und missbrauchen, hatte sexuellen Kontakt an verschiedenen Stellen ihres Köpers und auch mit Frauen, kurz: Sie ließ keine Perversität aus. Dabei gab sie auch noch vor, das alles zu genießen. Das konnte – und durfte! – mit der Realität nichts zu tun haben, das mussten ausschließlich männliche Fantasien sein. Und es durfte vor allem nicht die Realität einer Ehe widerspiegeln, nicht einmal ansatzweise. Ich sah starr auf die Leinwand vor mir und schloss wiederholt die Augen. Manchmal wagte ich einen Blick zu ihm nach rechts und war mehr als irritiert, wie sehr ihn dieser Film offensichtlich erregte. Nicht nur einmal legte er seine Hände auf seinen Schritt, offensichtlich, um seine sichtbare Erregung im Griff zu halten. So sehr mich der Film auch anwiderte, zwei Aspekte fand ich trotz allem überraschend: den Stolz, mit dem »O« alles ertrug, und die Macht, die sie damit über Männer ausübte.

Das konnte allerdings meinen Gesamteindruck nicht ändern: Für mich kamen solche Vorgänge nicht annähernd in Betracht und ich hoffte von ganzem Herzen, dass mein zukünftiger Mann nach unserer Eheschließung auch nicht ansatzweise an solche erotischen Praktiken auch nur denken würde. An diesem Abend bat ich ihn, bei seinen Eltern zu schlafen – Geburtstag hin oder her –, denn ich musste erst mit meinen Gefühlen zurechtkommen: Seine Nähe konnte ich in dieser Nacht einfach nicht ertragen. Ziemlich durcheinander schlief ich schließlich ein. Am nächsten Morgen tröstete ich mich damit, dass solche Wünsche nicht zu seinem bisherigen Verhalten passen würden, sodass es schon nicht so schlimm würde. Zudem hätte ich ja auch noch ein Wörtchen mitzureden, ohne allerdings zu wissen, wie ich ihn abwehren sollte, falls er doch auf solche oder ähnliche Ideen käme. Nach einigen Tagen hatte ich dieses »Kinoabenteuer« dann verdrängt, wenn auch nicht vergessen.

Höhepunkt

Der große Tag war gekommen; na ja, eigentlich waren es zwei aufeinander folgende große Tage: Am Freitag fand die standesamtliche, am Samstag dann die kirchliche Trauung statt, die sich nicht nur in der Größe unterschieden. Die Zeremonie im Rathaus der Kreisstadt erfolgte am Freitagvormittag in einem sehr kleinen Rahmen – nur das Brautpaar, die Trauzeugen und die vier Eltern, die anschließend gemeinsam zum Mittagessen gingen –, dafür war die Feier am zweiten Tag umso opulenter: Meine Eltern richteten eine richtig große Hochzeit für Verwandte sowie ausgewählte Freunde und Arbeitskollegen des Brautpaares aus. Allein dadurch wurde deutlich, was für meine Eltern – und auch für mich – die größere Bedeutung hatte, und das war eindeutig das Jawort in der Kirche, auch wenn es keine rechtliche Bedeutung hat. Mein zukünftiger Mann beugte sich nach einigen Diskussionen unseren Wünschen, auch wenn er darüber nicht sehr glücklich war.

Die unterschiedliche Gewichtung der beiden Tage hatte auch praktische Auswirkungen. Nach der Rückkehr vom Mittagessen am Freitag gingen die Vorbereitungen für das große Event am nächsten Tag in meinem Elternhaus einfach unverändert weiter, als ob am Vormittag nichts geschehen wäre; auf die Idee, dem Brautpaar etwas Zeit für sich zu geben, kam offensichtlich niemand. Und ich muss gestehen, dass das auch für mich galt. Ich war viel zu aufgeregt in Erwartung der kirchlichen Trauung, des offensichtlichen Höhepunktes meines Lebens. Ich war dermaßen eingespannt, dass ich keine Zeit für meinen Mann hatte. Für meine Eltern – und ehrlich gesagt auch für mich – war auch klar, dass die Ehe erst nach der kirchlichen Trauung vollzogen würde; eine standesamtliche Trauung war dafür nicht ausreichend. Und damit mein Mann auch gar nicht auf irgendwelche »dummen« Gedanken kam, wurde er für die Nacht zwischen den beiden Trauungen in den Keller verfrachtet, denn sein übliches Übernachtungszimmer war durch meine ältere Schwester belegt. Er fügte sich all diesen Vorgaben zunehmend stoisch. Es war vermutlich besser, seine Gedanken in diesen Momenten nicht zu kennen. Erst später wurde mir allmählich bewusst, was meine Familie und ich ihm an diesem Tag abverlangt hatten, und ich bin ihm heute noch dafür dankbar, dass er das alles einfach hinnahm. Übrigens: Für ihn ist bis heute der Tag der standesamtlichen Trauung der eigentliche Tag unserer Eheschließung, eine Meinung, die ich ehrlich gesagt inzwischen teile.

Der Samstag kam, das Wetter an diesem Tag war relativ kalt und eher gemischt, aber ich war eine strahlende Braut: In meinem langen weißen Kleid mit Spaghettiträgern, einem ausgestellten weiten Rock, einem durchsichtigen Überwurf und einem langen Schleier war ich der Inbegriff der unschuldigen Braut. Und das war ich ja auch wirklich: Wenn es überhaupt eine auch sexuell unschuldige Braut zu Beginn der 80er-Jahre geben konnte, dann war das ich. Ergänzt wurde mein Outfit durch einen weißen, trägerlosen BH (aus naheliegenden Gründen diesmal ohne blickdichtes, weißes Unterhemd), einen bequemen weißen Baumwollslip, eine hautfarbene Strumpfhose und geschlossene weiße Schuhe mit einem Absatz von etwa vier Zentimetern Höhe, sodass ich den ganzen Tag über bequem laufen und später auch tanzen konnte. Auf Brauchtum im Zusammenhang mit dem Brautkleid wie etwas »Altes« oder »Blaues« oder gar Strumpfbänder verzichtete ich; ich glaube auch nicht, dass beispielsweise Strumpfbänder den Segen meiner Mutter bekommen hätten. Ich war rundherum glücklich: Ich heiratete, war der eindeutige Star des Tages und hatte sogar meine Unschuld bis zu diesem Tag bewahrt. Nach meiner Einschätzung – und der meiner Eltern – war ich ein gottgefälliges Kind.

Nach der kirchlichen Trauung wurde in einem nur wenige Kilometer von der Kirche entfernten Gartenlokal an einem kleinen See gefeiert. Zunächst gab es Kaffee und Kuchen, später dann ein Abendessen in Buffetform, bevor eine Kapelle zum Tanz aufspielte. Die Gerichte wie auch die Getränke waren eher traditionell, wobei ich mich vor allem beim Alkohol zurückhielt, nicht zuletzt auch deshalb, weil ich schon damals nicht allzu viel vertrug. Ich trank zwei oder drei Gläser Sekt über die ganze Zeit hinweg, vor allem um mit den vielen Gästen auf unser Wohl anzustoßen, aber das war es auch schon. Schließlich hatte ich ja noch einen wichtigen »Programmpunkt« vor mir, dem ich einerseits mit Freude, aber durchaus auch mit Bangen entgegensah. So richtig klar war mir auch zu diesem Zeitpunkt noch nicht, was da auf mich zukam und welche »Ansprüche« mein frisch vermählter Ehemann stellen würde ...

Der Abend neigte sich allmählich dem Ende entgegen, als wir Brautleute uns von unseren Gästen verabschiedeten. Mein Mann hatte in einiger Entfernung für einen Kurzurlaub – unsere Flitterwochen – in einem Romantikhotel ein Zimmer gebucht, und wir wollten noch dorthin fahren; er rechnete mit einer Fahrzeit von etwa anderthalb Stunden. So brachen wir gegen 22 Uhr endlich in unser Eheleben auf.

Unsere Zweisamkeit als Ehepaar begann für

beide Beteiligten mit einer ziemlichen Enttäuschung: Die letzten Tage, insbesondere auch der Tag der kirchlichen Trauung, waren für mich so anstrengend gewesen, dass ich schon auf den ersten zehn Kilometern bis zur Autobahn auf dem Beifahrersitz einschlief – und bis zur Ankunft am Romantikhotel auch nicht wieder aufwachte. Dort versuchte ich zwar wieder wach zu werden, aber mein Ehemann erzählte mir hinterher, dass er mich nach dem Einchecken mehr im Halbschlaf als bei vollem Bewusstsein ins Hotelzimmer gebracht, dort umgezogen und schließlich ins Bett gelegt hatte. Mit anderen Worten: Meine Hochzeitsnacht fand nicht statt. Am nächsten Morgen wachte ich ziemlich verschämt auf und fand mich in meinem Schlafanzug vor, den ich eigentlich für die folgenden Nächte eingepackt hatte. Mein extra für die Hochzeitsnacht gekauftes Nachthemd – lang, in unschuldigem Weiß mit vielen Rüschen und Bändchen – lag weiterhin in meinem Koffer für die Flitterwochen. Sexuell hatte ich mich jahrelang für die Hochzeitsnacht »aufgehoben«, und dann fand sie nicht statt. Ich war immer noch Jungfrau!

Mein frisch Angetrauter nahm die auch für ihn enttäuschende »Hochzeitsnacht« erstaunlich gelassen hin. Seine Haltung war: Wir hatten so lange auf dieses »Ereignis« gewartet, dass es auf den einen oder anderen Tag jetzt auch nicht mehr ankomme. Also auf zur nächsten Gelegenheit!

Es ist wohl unserer beider mangelnden Erfahrung zuzuschreiben, dass wir den Begriff »Hochzeitsnacht« allzu wörtlich nahmen. Jedenfalls kam keiner von uns beiden auf die Idee, die »Hochzeitsnacht« am nächsten Tag untertags nachzuholen – man hätte ja zur Not die Rollläden schließen oder die Vorhänge zuziehen können. Ganz klassisch frühstückten wir stattdessen am nächsten Tag erst, sahen uns dann das Städtchen an, nahmen in einem Café Kaffee und Kuchen zu uns, bevor wir gut zu Abend aßen. Wir waren danach beide zunehmend nervös, denn wir wussten, was von uns als Nächstes erwartet wurde. Aber dazu kam es auch an diesem Tag nicht: Ich war wieder so schläfrig, dass ich schon am frühen Abend erneut ins Bett wollte, um zu schlafen – und das alleine! Mein Frisch-Angetrauter nahm es mit offensichtlichem Missfallen zur Kenntnis, akzeptierte aber mein Argument, dass wir ja beide etwas von diesem besonderen Ereignis haben sollten und das für mich in diesem Zustand einfach nicht möglich sei. Damit war ich auch nach der zweiten Nacht nach der kirchlichen Trauung als Ehefrau noch Jungfrau, was selbst in katholischen Kreisen als Ausnahme gelten dürfte.

Den folgenden Tag verbrachten wir dann bewusst ereignisarm, sodass wir beide am Abend noch fit genug waren, um die Ehe endlich auch sexuell vollziehen zu können. Um es vorwegzunehmen: Es war eine einzige Katastrophe, was im Nachhinein betrachtet auch nicht weiter verwunderlich war. Ich hatte ja überhaupt keine Erfahrung, wusste noch nicht einmal genau, was mich erwartete. Ich vertraute auf die Erfahrung meines Mannes. Nur: Der hatte selbst wenig Erfahrung, da er vor unserer Ehe zwar mit einigen Mädchen rumgeknutscht und auch intensives Petting betrieben, aber noch nie mit einer Frau geschlafen hatte. Und das Ergebnis unserer Hochzeitsnacht war dann entsprechend.

Ich zog mir mein »Hochzeitsnacht-Nachthemd«, ausgesucht von meiner Mutter, an – selbstverständlich trug ich einen weißen Slip, aber als Zugeständnis an den besonderen Tag wenigstens kein Unterhemd –, legte mich ins Bett und zog mir die Bettdecke über meinen Körper. Den Rest würde mein Mann schon machen. Der wiederum hatte wohl eine aktive Ehefrau erwartet und war vollkommen irritiert, als er eher ein Bügelbrett als eine wilde Diva im Bett vorfand. Er begann mich dann an allen möglichen Stellen, auch zwischen den Beinen, zu streicheln, die ich nun auch willig spreizte, nicht zuletzt auch deshalb, weil es mir mittlerweile dazwischen wohlig warm geworden war. Im Gegenzug wartete er auf Streicheleinheiten meinerseits, aber er hoffte vergebens. Ich ließ ihn an alle Stellen meines Körpers ran, wurde aber keineswegs von mir aus aktiv. Nach meinem Eindruck ging er davon aus, dass auch ich ihn streicheln würde, aber das kommt bei mir bis heute eher selten vor. Insbesondere gingen seine Hoffnungen, ich würde mich seinem Penis zumindest mit den Händen widmen, nicht in Erfüllung – und auch daran hat sich bis heute nichts geändert. Letztendlich legte er zunächst meine Brüste frei, liebkoste sie innig mit seiner Zunge und seinem Mund, während er gleichzeitig meine Scheide mit den Händen stimulierte. Schließlich zog er mir mein Höschen aus, befingerte weiter meine nun frei liegende Scheide, um sich dann seinem Penis zu widmen. Obwohl er schon sehr erregt war, rieb er ihn selbst bis zur vollständigen Härte, um dann endlich in der Missionarsstellung in mich einzudringen. Die Ehe war somit auch sexuell vollzogen.

Wie erwartet hatte ich Schmerzen, als er mein Jungfernhäutchen durchstieß; allerdings waren sie weniger stark, als ich befürchtet hatte, was auch damit zusammenhängen mochte, dass sein Penis weder besonders lang noch besonders dick ist. Ich stellte zu meiner Beruhigung fest, dass ich ihn problemlos aufnehmen konnte. Und der ganze Akt dauerte auch nicht allzu lang. Schon nach wenigen Stößen spritzte er ab und rollte sich wieder von mir runter. Es war geschafft. Schnell stieg ich aus der Seite meines Bettes und wusch mich im Bad, da ich das schleimige Ejakulat meines Mannes ziemlich eklig fand. Auch daran hat sich bis heute nichts geändert. Mit Ausnahme der Zeiten, in denen ich schwanger werden wollte, bestehe ich eigentlich bis heute darauf, dass er beim Geschlechtsverkehr ein Kondom benutzt. Dabei geht es weniger um Verhütung oder Schutz als vielmehr um die Hygiene: Ich kann diesen klebrigen Saft bis heute nicht auf meiner Haut leiden.

Alltag

Die Ehe war vollzogen, der Ehealltag konnte kommen. Ich konnte nun nicht behaupten, dass mich mein erster Geschlechtsverkehr besonders beeindruckt hätte. Auch am Morgen danach war ich vor allem froh, dass »es« vorbei war. Glücklich war ich trotzdem, denn ich war verheiratet mit einem Mann, den ich liebte und mit dem ich mir meine Zukunft sehr gut vorstellen konnte – und dass er der einzige Mann meines Lebens sein und bleiben würde, das stand für mich auch fest. Ich wollte eine gute Ehefrau sein, ich wollte ein angenehmes Leben, ich wollte Kinder, und die Voraussetzungen dafür waren nun geschaffen. Mir war auch klar, dass Sex dazugehörte, und ich wollte mich dem auch nicht verweigern, aber dass Sex jetzt besonders weit oben auf meiner Prioritätenliste stehen würde, das konnte ich nun auch wieder nicht behaupten. Ich würde mich allerdings schon noch mit diesem Teil des Ehelebens arrangieren.

Irgendwie hatte ich ihm gegenüber aber auch ein schlechtes Gewissen. Zunächst wollte ich als Jungfrau in die Ehe gehen, dann musste er zwei weitere

Nächte warten, bis er mich endlich »besteigen« durfte, und dann verhielt ich mich reichlich – genauer gesagt vollkommen – passiv. Das lag natürlich an meiner Erziehung und an meiner mangelnden Erfahrung, aber selbst ich wusste, dass das nicht der einzige Grund war. Ja, ich war unsicher, aber weder hatte ich mich bisher um meine eigene Sexualität und Sexualität im Allgemeinen gekümmert – damals hatte ich auch keine Freundin, mit der ich mich hätte austauschen können – noch hatte ich mit ihm geredet. Ich tröstete mich damit, dass er mich schon noch anleiten würde, was im Nachhinein betrachtet natürlich ziemlich naiv war. Denn ich wusste sehr wohl, dass er genauso unerfahren wie ich selbst war, aber zur Selbstberuhigung war dieser Gedanke zunächst einmal ausreichend.

In Filmen hatte ich gesehen, dass nach dem Akt häufig ein Gespräch der Art »Na, wie war es (für dich)?« oder noch konkreter »Wie war ich?« folgte. Da unser erster Geschlechtsverkehr inzwischen fast zwölf Stunden zurücklag und wir danach gleich eingeschlafen waren, hoffte ich inständig, dass er keine dieser oder ähnliche Fragen stellen würde – und mein Flehen wurde erhört. Wir ignorierten am nächsten Tag unser erstes gemeinsames sexuelles Erlebnis vollkommen und unterhielten uns stattdessen über Dinge des Alltags und die nähere Zukunft; unser erstes Mal wurde schlicht und einfach von uns beiden totgeschwiegen. Insgeheim fürchtete ich schon, dass es für ihn vielleicht nicht so befriedigend gewesen war, wie er gehofft hatte, aber da er keine Bemerkung in dieser Richtung machte, gab ich mich damit zufrieden. Und da ich eh eine Meisterin im Verdrängen bin, hatte ich schon bald kein schlechtes Gewissen mehr und vergaß unsere verspätete Hochzeitsnacht sehr schnell.

Damit begann unser gemeinsames Leben als Mann und Frau. Die ersten Tage und Wochen dienten zunächst dazu, uns aneinander zu gewöhnen, denn es ist schon ein Unterschied, ob man sich häufig in gewohnter Umgebung sieht oder ob man in neuer Umgebung tagaus und tagein plötzlich zusammenlebt. Das ging eigentlich ganz gut; ich versuchte, neben dem Abschluss meiner Lehre und der bald danach begonnenen weiterführenden Schulausbildung eine gute – traditionelle – Ehefrau zu sein, und auch unser Sexleben hatte sich bald eingespielt. Mein Mann hatte erwartungsgemäß einen ziemlichen sexuellen Nachholbedarf, und ich ließ ihn gewähren. Am Anfang wollte er praktisch jeden zweiten Tag Sex, was mir aber schon bald zu viel wurde. Ich versuchte, die zeitlichen Abstände zwischen den Geschlechtsakten zu vergrößern. Dies gelang mir nach relativ kurzer Zeit auch.

Dabei kam mir zugute, dass ich von Anfang

an sexuell passiv war. Auch nach unserer Hochzeitsnacht übernahm ich nur selten die Initiative. Normalerweise legte ich mich im klassischen Schlafanzug ins Bett und zog die Bettdecke über meinen Körper, nicht ohne vorher die Rollläden ganz zu schließen. Dabei muss man wissen, dass ich sowieso am liebsten im Dunkeln schlafe. Wenn er Sex wollte, mussten die Aktivitäten also von ihm ausgehen. Das sah normalerweise so aus, dass er sich auf seiner Bettseite – wir hatten immer nur Sex in unserem Ehebett – zu mir umdrehte und seine freie Hand sich den Weg unter mein Schlafanzugoberteil – und unter mein weiterhin geliebtes Unterhemd – zu meinem Busen bahnte. Den begann er dann zu liebkosen, erst mit der Hand, nach kurzer Zeit auch mit seinem Mund, nachdem er sowohl das Schlafanzugoberteil als auch mein Unterhemd nach oben geschoben hatte. Und das war mein schwacher Punkt: Selbst wenn ich eigentlich keine (große) Lust hatte, sobald er meine Brüste bearbeitete und vor allem meine Warzen leckte oder anderweitig mit seinem Mund verwöhnte, wurde ich schwach und ließ ihn gewähren. Der Rest war dann mehr oder weniger immer gleich. Wenn er hinreichend erregt war, zog er mein Schlafanzugunterteil und meinen Slip nach unten, legte sich auf mich und drang in mich ein. Ich musste dann nur noch meine Beine spreizen, weitere Aktivitäten waren von mir nicht mehr

66

nötig. Auch nach Monaten unserer Ehe ging dieser Teil relativ schnell: Er war ein Schnellspritzer. Ich nahm am Anfang noch die Pille, denn ich wollte erst meine Ausbildung beenden, bevor das erste Kind kommen würde. Aber da ich sein Ejakulat weiterhin ekelhaft fand, bat ich ihn, trotzdem ein Kondom zu benutzen, was er mir zuliebe dann auch tat.

Es gab schon nach Monaten zunehmend Tage, an denen ich einfach keinen Sex wollte. Natürlich wusste ich, dass viele Frauen in so einer Situation Kopfschmerzen oder sogar Migräne »bekommen«. Auch ich griff zuweilen zu diesen Tricks, aber bei meinem Mann ging es auch anders. Ich weiß nicht, ob ihn meine sexuelle Passivität besonders störte, aber wenn ich ihm schon vorab direkt sagte, dass ich passiv sein würde, das heißt noch passiver als sonst (»Du kannst dich gerne befriedigen, aber ich werde dich dabei nicht unterstützen.«), konnte ich mir sicher sein, dass er von mir ablassen würde. Er grummelte dann etwas in seinen Bart, ließ mich aber in Ruhe. Dann war er ein oder zwei Tage etwas sauer, bis seine Lust seinen Ärger wieder überwog und er es erneut probierte. Das System bewährte sich; auf diese Art und Weise konnte ich unseren Sex auf etwa einmal pro Woche reduzieren. Das war für mich in der Summe okay, mehr Sex wollte ich damals einfach nicht.

Einerseits war ich stolz auf mich, ihm nicht ständig »zu Diensten« zu sein beziehungsweise sein zu »müssen«. Andererseits fehlte mir aber auch etwas. Ich hatte von diesem besonderen – wohligen – Gefühl gehört und gelesen (man nennt es auch »Orgasmus«), das sich beim Geschlechtsakt einstellen würde. Mir war das bis zu diesem Zeitpunkt nicht passiert. Ich genoss die Liebkosungen meiner Brüste, aber dass sich etwas Besonderes in meinem Unterleib geregt hätte, konnte ich nun wirklich nicht behaupten. Ich wusste nicht, ob das an mir oder an ihm lag, aber wie so vieles gerade im Zusammenhang mit meiner Sexualität verdrängte ich auch alle damit zusammenhängenden Fragen wieder ziemlich schnell und gab mich mit dem Status quo zufrieden.

Auch wenn sich unser Alltag mittlerweile auch in sexueller Hinsicht eingespielt hatte, so bedeutete das nicht, dass es nicht doch Entwicklungen in diesem Bereich gab, die zunächst von meinem Ehemann ausgingen. Er machte immer wieder Versuche, sich intensiver mit meinem Unterleib zu beschäftigen, zunächst mit den Händen und insbesondere seinen Fingern, später kam er auf die Idee, mich an und in meiner Scheide mit seiner Zunge zu bearbeiten, das heißt mich zu lecken. Damit kam ich überhaupt nicht zurecht und ich sagte ihm sehr deutlich, dass ich das ekelhaft fände und er das unterlassen möge, woran er sich auch hielt. Ich konnte mir damals auch nicht ansatzweise vorstellen, wie das zur Lust oder gar Lust-steigerung beitragen soll.

In einem anderen Bereich war er erfolgreicher. Gleich zu Beginn unserer Ehe ließ er durchblicken, dass er meinen Kleidungsstil für eine junge Frau wie mich für nicht adäquat hielt. Er bezeichnete ihn explizit als »altbacken« und ermutigte mich, dass ich mich mehr meinem Alter entsprechend kleiden sollte. Mein Standardhinweis in solchen Fällen, dass ich dafür nicht das notwendige Geld hätte, beantwortete er regelmäßig mit einem Lä-cheln – und Einkaufstouren. Ich kenne keinen anderen Mann, der so gerne einkaufen geht, und gerade auch Damenkleidung und Damen-schuhe. Das ging in Einzelfällen so weit, dass er für mich durchaus schicke Einzelteile erwarb, ohne dass ich dabei gewesen wäre, was natür-lich voraussetzte, dass er meine Kleidungsgröße kannte. Daran hat sich bis heute nichts geändert: Er ist bis jetzt sehr gut über meine Garderobe informiert – eine Tatsache, die ich auch im Alltag ausnutze. Es kommt immer wieder vor, dass ich ihn bitte, mir für eine Veranstaltung oder einen Termin passende Kleidung bereitzulegen. Er hat dabei inzwischen enorme Fähigkeiten entwickelt; üblicherweise passt alles in jeder Hinsicht für das jeweilige Ereignis sehr gut zusammen – Farbe, Stil etc. Am Anfang fand ich seine Vorschläge etwas zu verwegen, musste aber im Lauf der Zeit eingestehen, dass er damit häufig den Nagel besser auf den Kopf getroffen hatte, als es mir gelungen wäre: Ich bin bis heute zu konservativ. Sein immer wiederkehrender Hinweis, dass manche meiner Vorschläge eher zu mir in zehn oder zwanzig Jahren passen würden, entbehrt nicht einer gewissen Logik.

Die Umstellung meiner Garderobe bezog sich damals eigentlich auf alle Teile einer Damengarderobe: Die Röcke und Kleider wurden teilweise deutlich kürzer, die Blusen und Kleider je nach Stil weiter ausgeschnitten, die Strumpfhosen waren nicht länger nur hautfarben, sondern in manchen Fällen auch weiß, blau oder sogar rot, die Absatzhöhe meiner Schuhe nahm zu und auch Teile meiner Nachtbekleidung waren nicht länger nur klassische Schlafanzüge, sondern enthielten auch attraktive Nachthemden, die zum einen meine Brüste besonders hervorhoben und zum anderen auch den Zugang zu ihnen deutlich erleichterten. Auch ließ ich mich zum Erwerb eines Strapses mit passenden halterlosen Strümpfen überreden, die ich allerdings sogar bis heute sehr ungern trage: Es dauert einfach zu lange, die Strümpfe an den Strapshaltern zu befestigen; da sind Strumpfhosen schon wesentlich praktischer. Nur in einem Bereich war ich damals noch nicht zu Änderungen bereit: Die Unterwäsche musste entweder hautfarben oder in unschuldigem Weiß sein, und BHs und Höschen praktisch. Unterwäschetrends wie Tangas oder gar Strings machte ich nicht mit, was sich allerdings noch ändern sollte – ich fand es damals einfach unangenehm, wenn sich dünne Stofffetzen oder gar nur Schnüre in meiner Pofalte verfingen.

Die Umstellung meines Kleidungsstils erforderte von mir zunächst einigen Mut: Gerade am Anfang fand ich mich damit zu sexy. Das stimmte objektiv nur, wenn man meine bisherige Kleidung als Maßstab nahm, die für eine junge Frau wie mich einfach nicht angemessen war. Und es hatte einige Konsequenzen im Alltag: Gerade meine Mitschüler nahmen mich zunehmend wahr, was mir am Anfang gar nicht auffiel. Erst als sie gerade bei außerschulischen Veranstaltungen anfingen, heftig mit mir zu flirten (und das, obwohl ich als fast einziges Mädchen verheiratet war!), ging mir auf, dass ich nicht nur gut und altersmäßig gekleidet war, sondern auch ziemlich hübsch. Das machte mir dann in der Kombination wieder ziemliche Angst. Meine Kleidung in der Schule wurde dann wieder ein Stück weit konservativer – ich trug manchmal sogar Hosen, was für mich ungewöhnlich war, mit dezenten Blusen oder Pullis –, ohne allerdings in das alte Muster zu verfallen. Richtig schick machte ich mich dann nur noch, wenn ich mit meinem Mann unterwegs war. Da verstummten dann die Flirtversuche von selbst.

71

Mein veränderter Kleidungsstil hatte aber auch an einer anderen Stelle Konsequenzen, an die ich zunächst gar nicht gedacht hatte. Da ich weiterhin ein sehr enges Verhältnis zu meinen Eltern hatte, besuchte ich sie, häufig auch mit meinem Mann, regelmäßig. Dabei entging ihnen natürlich nicht, dass ich meinen Kleidungsstil verändert hatte. Meinem Vater war dies sicherlich aufgefallen, aber er sagte dazu nichts. Da war meine Mutter schon ganz anders. Sie brachte ihr Missfallen deutlich und mit teilweise schon fast erniedrigenden und beleidigenden Kommentaren zum Ausdruck. Besonders schlimm war für mich, dass sie meinen neuen Kleidungsstil in Zusammenhang mit meiner Religion brachte: Die Kernaussage ging in die Richtung, dass sich eine anständige junge katholische Frau so nicht kleiden sollte. Das brachte mich in einen Zwiespalt: Eigentlich fühlte ich mich in meiner veränderten Garderobe sehr wohl, zumal ich wusste, dass ich damit meinem Ehemann gefiel. Andererseits wollte ich ein gottgefälliges Mädchen sein, was sich aber wohl auszuschließen schien – dass es sich dabei nur um die sehr subjektiven Wertvorstellungen meiner Mutter handelte und keineswegs um Vorgaben der katholischen Kirche, ging mir erst später auf.

Ich fand es besonders erniedrigend, wenn sie immer wieder andeutete, dass ich mich eher wie eine Nutte als wie eine anständige Ehefrau kleiden würde. Das war kompletter Unfug. An eine konkrete Situation kann ich mich noch sehr gut erinnern. An einem herrlichen Frühlingstag trug ich ein hochgeschlossenes weißes Kleid mit viel Rüschen und Spitze, blickdicht mit weißem Unterkleid und Unterrock. Der Hingucker war ein schmaler roter Lackgürtel, von mir abgerundet durch farblich passende Peeptoes mit einem höchstens acht Zentimeter hohen Absatz und entsprechender roter Strumpfhose. Es fehlte nicht viel, und sie hätte mich zum Umziehen nach Hause geschickt, was bei einer Entfernung von fast einhundert Kilometern gar nicht so einfach gewesen wäre! Konsequenterweise hätten wir die Besuche bei meinen Eltern reduzieren müssen, was ich aber nicht übers Herz brachte. Nach einiger Zeit fanden wir die Lösung: Mein Kleiderschrank enthielt ab sofort spezielle, für die Ansichten meiner Eltern geeignete Kleidung, die ich wirklich nur anlässlich der Besuche bei ihnen trug. Damit waren dann (fast) alle zufrieden: Mein Mann dachte lange, dass wir keine Zugeständnisse machen sollten, aber auch er sah irgendwann ein, dass damit unnötige Konflikte insbesondere für mich vermieden werden konnten. An dieser Vorgehensweise hat sich übrigens bis heute nichts geändert. Mein Mann provoziert mich heute noch, wenn er mir aus Anlass eines solchen Besuches besonders altmodische Kleidung bereitlegt ...

Trotz all dieser Probleme besuchten wir weiterhin regelmäßig meine Eltern; meine Bindung an sie war einfach zu eng, insbesondere meine Beziehung zu meinem Vater, dessen heimliche Lieblingstochter ich war und bis zu seinem Tod blieb. Zuweilen übernachteten wir auch bei ihnen, was in der Praxis bedeutete, dass wir die Nächte im Gästezimmer verbrachten. Das bereitete meinen Eltern keine Probleme mehr – schließlich waren wir ja jetzt verheiratet –, aber zu meiner eigenen Überraschung mir. Offensichtlich waren meine Erinnerungen an die Zeit der heimlichen Besuche über den Balkon und das selbst auferlegte Verbot des Geschlechtsverkehrs einfach noch zu frisch. Viele Jahre lang wehrte ich alle Versuche meines Ehemanns ab, mit mir in meinem Elternhaus zu schlafen. Das war übrigens auch der Fall bei den wenigen Gelegenheiten von Übernachtungen bei meinen Schwiegereltern, zu denen ich sowieso ein ziemlich angespanntes Verhältnis hatte, und selbst in unseren Urlauben fand ich Möglichkeiten, dass er auf Annäherungsversuche verzichtete: Sex fand nur in der eigenen Wohnung und auch dort nur im – abgedunkelten – Schlafzimmer statt. Aus heutiger Sicht war ich schon ziemlich verklemmt. Allerdings gab es auch einige wenige Ausnahmen. Ich kann mich an den Anfang unserer Ehe erinnern, als wir zur Hochzeit des ältesten Freundes meines Mannes in einem Ort südlich von München eingeladen waren und dort insgesamt zwei Nächte verbrachten. An einem der drei Tage schlief ich dreimal mit meinem Mann. Ich weiß heute nicht mehr, was mich damals »ritt«, ihn dreimal »ran« zu lassen, aber ich kann mich noch genau erinnern, dass ich danach in meiner Scheide wund war, sodass ich solche »Abenteuer« in Zukunft bleiben ließ.

Mit der Zeit hielt sich die Begeisterung meines Mannes über meine wiederholten Verweigerungen, mit ihm Sex zu haben, zunehmend in Grenzen. Er versuchte zwar immer wieder, mich mit unterschiedlichen »Techniken« wie Geschenken, Zugeständnissen hinsichtlich Vorschlägen meinerseits zu Aktivitäten, von denen ich wusste, dass er da nicht besonders begeistert war, wie Verwandtschaftsbesuchen, aber auch intensiven Zärtlichkeiten oder zufälligen Streicheleinheiten vor allem an meinem Po, den er bis heute für sehr attraktiv hält, umzustimmen, aber in aller Regel ohne Erfolg. Ich blieb normalerweise standhaft und stieß ihn mehr zurück, als dass ich ihn »ranließ«. Er nahm das aus heutiger Sicht erstaunlich ruhig hin. Natürlich gab es Situationen, in denen er schon etwas drängender wurde, aber er hat mir nie Gewalt angetan.

So zufrieden ich auch mit den Ergebnissen meiner »Abwehraktionen« war, so unwohl fühlte ich mich zunehmend. Er war jung, hatte offensichtlich größeren sexuellen Appetit als ich, war nicht nur zu mir charmant, präsentierte sich als Frauenversteher: kurz, mir wurde mit der Zeit zunehmend klar, dass ich aufpassen musste, dass er mir nicht aus den Händen glitt. Ich wusste, dass er von Haus aus eine treue Seele war, aber wenn ich den Bogen überspannte, würde vielleicht sogar er Befriedigung außer Haus suchen. Mir wurde dieser Konflikt immer klarer, aber einen echten Ausweg fand ich zu dieser Zeit nicht.

Im Nachhinein betrachtet hätten wir darüber reden sollen und müssen. Nur: So gut wir uns über alle anderen Themen austauschen konnten, bei dem Thema Sexualität hat es eigentlich nie geklappt. Ich sah seine stillen Vorwürfe, aber er hat sie nur sehr selten verbalisiert, und von mir kam schon gar nichts. Allerdings gab es Ausnahmen; offensichtlich war seine Frustration in diesen wenigen Momenten so groß, dass er nicht mehr an sich halten konnte. Einmal warf er mir meine Passivität im Bett vor: Ich beteilige mich ja überhaupt nicht an unserem ehelichen Sex, insbesondere am Vorspiel, wenn man vom eigentlichen Akt absähe. Auch animiere ich ihn nicht zu sexuellen Aktivitäten. Natürlich wusste ich, dass er recht hatte, aber es zuzugeben, nein, das konnte ich nicht. Und ich bin auch nicht auf den Mund gefallen. Also antwortete ich ihm, dass ich durchaus immer wieder einmal nach dem Zubettgehen meine Schenkel spreizen würde. Wenn er dann diese Chancen nicht wahrnehme, sei das schließlich nicht mein Problem. Zunächst war er über meine offensichtliche Dreistigkeit überrascht, aber er meinte dann doch, dass er das ja schlecht ahnen könne, weil ich mir ja immer die Bettdecke bis zum Kinn hochziehe. Meine lapidare Antwort war nur, dass er dann häufiger unter der Bettdecke nachforschen müsse, was von meiner Seite eigentlich unverschämt war, denn dann würde ja seine Frustration noch größer – auf den Mund bin ich wirklich nicht gefallen ...

Das ging einige Zeit so hin und her, bis wir knapp drei Jahre nach unserer Hochzeit beschlossen, dass es Zeit für ein Kind wäre. Der Zeitpunkt schien dafür aufgrund unserer beruflichen Situationen günstig: Ich würde bald meine Abschlussprüfung in der weiterführenden Schule machen und mein Mann hatte gerade erfolgreich sein Promotionsverfahren abgeschlossen. Dieser Entschluss setzte bei mir ungeahnte Kräfte frei: Ich wollte eigentlich schon länger ein Kind und wofür war Sex denn da, wenn nicht zur Zeugung eines Kindes? Die Samen der Indoktrination der katholischen Sexuallehre waren bei mir voll aufgegangen. Kaum hatten wir diesen Entschluss gefasst und gerade hatte ich die Pille abgesetzt, schon wurde ich für seine körperlichen Avancen deutlich empfänglicher – ja, ich unternahm sogar selbst die Initiative. Ich erkannte mich nicht wieder. Ich trug plötzlich durchaus attraktive Nachthemden, zog die Bettdecke nicht mehr ganz so hoch, sodass er vor allem bei den Nachthemden sehr genau meine Brüste sehen konnte, in einzelnen Fällen zog ich ihn sogar fast ins Schlafzimmer, um den Geschlechtsakt zu vollziehen – und hatte auch keine Skrupel mehr, plötzlich mein Schlafanzugoberteil nebst Unterhemd über meinen Kopf zu streifen, sodass meine Brüste für ihn frei zugänglich waren. Dass ich dabei von ihm nicht mehr verlangte, ein Kondom überzustreifen, verstand sich von selbst. Er hatte natürlich sehr schnell verstanden, worauf meine für ihn zunächst unerwarteten Aktivitäten gründeten, sodass er versuchte, auch noch andere bisherige Tabus unseres ehelichen Sexuallebens zu brechen wie Geschlechtsverkehr außerhalb des Schlafzimmers oder sogar außerhalb unserer Wohnung. Auch wollte er mir das Tragen von Reizwäsche schmackhaft machen, aber so weit war ich dann doch nicht bereit zu gehen. Alles sollte im normalen Rahmen bleiben, nur ging es nicht mehr primär um sein Vergnügen, sondern um unsere Fortpflanzung – und meine Bestimmung als zukünftige Mutter. Und noch etwas passierte in dieser Zeit: Ich hatte meinen ersten Orgasmus. Endlich war ich beim Geschlechtsverkehr nicht mehr verkrampft, endlich konnte ich loslassen und unseren Sex genießen, denn nun diente er ja dem »richtigen« Zweck, und schon hatte ich erstmals dieses wunderbare Gefühl. Ich war vollkommen überrascht, vor allem auch von meiner eigenen körperlichen Reaktion, vom lauten Stöhnen meinerseits, von meinen hechelnden Schreien ganz abgesehen. Eigentlich wurde unsere Ehe durch mich erst zu diesem Zeitpunkt, knapp drei Jahre nach dem formalen Bund, wirklich vollzogen. Natürlich hätte ich den späten Zeitpunkt bereuen können, aber ich war einfach nur froh, dass es überhaupt passiert war.

Unsere Sexualität veränderte sich in den kommenden Wochen und Monaten deutlich. Ich war wie befreit, Sex war für mich nichts Lästiges mehr, sondern etwas, auf das ich mich fast schon freute, denn mit jedem Beischlaf kam ich meinem Wunsch, Mutter zu werden, näher. Und offensichtlich war ich sehr fruchtbar, denn schon wenige Wochen nach dem Absetzen der Pille hatte ich mein Ziel erreicht: Ich war schwanger. Vielleicht war es auf dieses Hochgefühl zurückzuführen, aber mein sexuelles Verlangen war danach keineswegs gestillt. Ich kam mir vor, als ob meine »sexuelle Handbremse« gelöst worden wäre. Ich schlief weiterhin – und eigentlich auch gerne – mit meinem Mann, aber selbstverständlich zu meinen Bedingungen. Es war für mich keine Pflicht mehr, sondern echtes Vergnügen. Ich fühlte mich so vollwertig, so vollkommen. Und weil mein Frauenarzt keine medizinischen Gründe sah, unser »Treiben« einzustellen, hatten wir bis kurz vor meiner ersten Entbindung regelmäßig Sex.

Es versteht sich von selbst, dass dies mit der Geburt unserer ersten Tochter ein Ende hatte. Abgesehen von medizinischen Gründen stand nun das Wohl des Mädchens im Vordergrund. Es verging mehr als ein halbes Jahr, bis ich ihn wieder »ran« ließ. Und ich musste in den folgenden Wochen und Monaten feststellen, dass auch mein altes Kopfschema wieder intakt war: Mein zwischenzeitliches Interesse an Sex war wie weggeblasen. Ich sah darin plötzlich wieder eine eheliche »Notwendigkeit«, die vor allem seiner Befriedigung diente. Mir gab der jetzt wieder eher seltene Geschlechtsverkehr wenig bis nichts. Wenn er nun von Zeit zu Zeit in mich eindrang – selbstverständlich mit Kondom und ohne irgendwelche Ermutigung durch mich –, dann drehten sich meine Gedanken eher nicht um Orgasmus oder Penis, sondern um das Wohl der Kleinen, die Planung für den nächsten Tag oder das folgende Treffen der Krabbelgruppe, in der ich mich mittlerweile engagierte. Mit anderen Worten: Der eheliche Geschlechtsverkehr wurde für mich wieder mehr zur notwendigen Pflichtübung, die ich geduldig über mich ergehen ließ. Von der Freude während der Wochen vor der Geburt war nichts mehr übrig geblieben; und dass ich dann keine

Orgasmen mehr hatte, versteht sich ja wohl von selbst.

Dieses Muster wiederholte sich in den folgenden Jahren noch dreimal – eine Schwangerschaft endete mit einer Totgeburt –, wobei die Menge der Geschlechtsakte nach jeder Schwangerschaft abnahm. Die Kinder brauchten mich, und obwohl mich mein Mann auch in den Monaten und Jahren nach jeder Geburt gerade auch nachts unterstützte, blieb für unsere Gemeinsamkeit und damit auch für Sex immer weniger Zeit. Ich war zu sehr eingespannt und daher abends einfach zu müde – denn wenn es Sex gab, dann selbstverständlich nur abends am Ende des Tages und nur im elterlichen Schlafzimmer, manchmal neben dem schlafenden Baby, sodass wirklich keine knisternde Spannung aufkommen konnte. In dem Maße, in dem unser Sexleben immer ruhiger wurde, nahmen die sportlichen Aktivitäten meines Mannes zu. Er war jetzt fast jedes Wochenende für seinen Sport – Handball, Tennis, eigentlich alle Ballsportarten – unterwegs. Und wenn ich ehrlich bin, war es mir recht. Er hatte damit eine Ablenkung, powerte sich offensichtlich körperlich sehr aus und kam damit nicht auf »dumme« Gedanken. Ich hatte den Eindruck, dass wir ein gutes Arrangement getroffen hatten: Ich kümmerte mich um die Kinder, wobei er mir schon zur Hand ging, er intensivierte seine sportlichen Aktivitäten und war dadurch vor allem am

Wochenende körperlich so erschöpft, dass ihm der Sinn nicht besonders nach Sex stand. Ich empfand das als eine Win-win-Situation, mit der ich sehr gut leben konnte. Um Missverständnisse zu vermeiden: Selbstverständlich schliefen wir immer noch miteinander, immer noch nach den gleichen »Regeln« wie zu Beginn unserer Ehe, aber deutlich seltener als in der Vergangenheit, und das war ja schon nicht allzu häufig gewesen.

Die einzigen Unterbrechungen dieses Schemas waren die Zeiten, in denen ich wieder schwanger werden wollte. Auch da kehrten wir zu einem Schema zurück, aber eben zu dem anderen, in dem ich für Sex aufgeschlossen war, in dem ich meinen Mann zu Sex durchaus animierte und mich meinem Mann gegenüber sexuell willig zeigte.

Nur wenige Jahre nach der Geburt unseres dritten Kindes trat eine fundamentale Änderung in unserem Leben ein: Aus beruflichen Gründen meines Mannes verlagerten wir unseren Lebensmittelpunkt einige Hundert Kilometer weit weg von unserem bisherigen Standort. Damit einher gingen wesentliche Änderungen unseres Lebens. Ich verlor mein soziales Netzwerk, wir beide mussten uns einen neuen Bekanntenkreis aufbauen (was aufgrund der Mentalität der Menschen in unserer neuen Heimat gar nicht so einfach war), die Kinder kamen in neue Schulen und Kindergärten, die Besuche bei meinen Eltern wurden selten, und mein Mann wurde beruflich sehr viel stärker eingespannt, unter anderem bedingt durch eine Vielzahl von Dienstreisen. Man kann sich gut vorstellen, dass darunter auch unser Sexleben litt. Es kam zwar nicht vollständig zum Erliegen, aber die Häufigkeit unseres Geschlechtsverkehrs nahm noch weiter ab. Ich war einerseits darüber froh, machte mir aber andererseits auch Sorgen – um ehrlich zu sein: ich war eifersüchtig –, denn die neue Position meines Mannes war von außen betrachtet attraktiv und er kam in Kontakt mit vielen interessanten Menschen, gerade auch jungen und jüngeren, durchaus auch attraktiven Frauen. Daher war ich nicht unzufrieden, als mein Mann auch in der neuen Gegend trotz des deutlich stressigeren Jobs wieder seiner alten sportlichen Leidenschaft frönte, wodurch er erneut fast jedes Wochenende unterwegs war. Zu meiner Beruhigung betrieb ich dann auch noch so eine Art Selbstbetrug: Er wird mich schon nicht betrügen, schließlich hat er ja seinen Sport, und er unterstützt mich ja auch zu Hause, und schon war ich wieder bei meinem von den Kindern geprägten Alltag, der mich von sexuellen Gedanken ablenkte.

Es ist zwar kein Ruhmesblatt für mich, aber ich sollte doch ein paar Worte darüber verlieren: meine Eifersucht. Mein Mann ist sicherlich kein Adonis, was aber nicht heißt, dass er schlecht aussähe. Er ist charmant, hilfsbereit, verständnisvoll und wurde nicht zuletzt durch seinen auch gut bezahlten Job sicherlich auch für andere Frauen attraktiv. Ich wollte ihn nicht verlieren, aber auch mein bisheriges Verhalten nicht ändern, obwohl mir natürlich im Inneren stets klar war, dass er mit der sexuellen Seite unserer Ehe nicht zufrieden war, ehrlich gesagt auch nicht zufrieden sein konnte. Er versicherte mir zwar immer wieder, dass er sich nicht für andere Frauen interessiere. Das beruhigte mich dann wieder für einige Zeit, aber die Zweifel kamen genauso regelmäßig wieder zurück. Einmal war ich so sehr überzeugt davon, dass seine Beteuerungen nicht der Wahrheit entsprächen, dass ich die vermeintliche Rivalin – eine Ärztin – mit einem der Kinder unter dem Arm aufsuchte und ihr deutlich ins Gesicht sagte, dass er mir gehöre und sich daran auch nichts ändern werde. Sie sah mich vollständig verständnislos an und versicherte mir, dass sie nie etwas mit Patienten anfangen würde. Ich wäre vor Scham am liebsten im Boden versunken, zumal es sich bei der Ärztin auch noch um eine Psychologin handelte. Gleichzeitig war ich aber auch stolz auf mich, dass ich mich das überhaupt getraut hatte. Andererseits war das natürlich auch ein Zeichen meiner Unsicherheit und inneren Zerrissenheit. Viele Monate später beichtete ich ihm meinen »Ausflug« übrigens auch, was bei ihm nur verständnisloses Kopfschütteln hervorrief.

In dieser Zeit kam dann auch unsere Nachzüglerin zur Welt. Es war sicherlich die unromantischste Zeugung, die man sich vorstellen konnte. Ich war mehr mit den bereits geborenen Kindern beschäftigt, als dass ich Zeit für meinen Mann gehabt hätte, worunter auch jegliche Form der sexuellen Animation fiel. Gleichzeitig wollte ich aber unbedingt noch ein Kind, ein Wunsch, dem er nicht zuletzt aufgrund unserer deutlich verbesserten ökonomischen Situation nach einiger Zeit auch zugestimmt hatte. Ich hoffte darauf, dass es wie schon bei den anderen Kindern auch in diesem Fall aufgrund meiner offensichtlich großen Fruchtbarkeit wieder sehr schnell klappen würde. Ich nutzte letztendlich einen Abend nach seiner Rückkehr von einer seiner Dienstreisen aus, an denen er üblicherweise Sex wollte. Ich ließ ihn also ohne großes Vorspiel ran, er tat mir den Gefallen und penetrierte mich in der Missionarsstellung – und schwupps, war ich wieder schwanger. Mein letzter Kinderwunsch hatte sich erfüllt; neun Monate später kam unser Nesthäkchen zur Welt. Dass sich danach fast gar nichts mehr in unserem Ehebett tat und ich endgültig mit Kindern und Haushalt mehr als ausgelastet war, versteht sich von selbst. Mein einziger Trost für meine weiterhin latente Angst, sitzen gelassen zu werden, war die Tatsache, dass mein Ehemann seine sportlichen Aktivitäten sogar noch ausweitete, soweit das über-

85

haupt noch möglich war. Und da er sich auch noch zu Hause im Haushalt und bei den Kindern im Rahmen seiner Möglichkeiten engagierte, war ich doch einigermaßen beruhigt, dass er unsere Kinder und mich nicht so schnell verlassen würde. Ich hielt ansonsten meine Taktik bei: Es gab weiterhin Sex, wenn auch nicht allzu häufig, und ich überließ ihm dabei die Führung. Aktivitäten dafür kamen von meiner Seite nicht.

Dabei gab es natürlich auch in dieser Zeit in unserem Sexleben Höhen und Tiefen. Mein Mann hat immer wieder versucht, unser Sexleben etwas zu verändern, sprich: mich zu neuen Dingen zu animieren. Aber um es gleich vorwegzunehmen: ohne Erfolg. Er war dann zwar einige Zeit sauer, aber das nahm ich in Kauf, denn ich wusste, dass er es nicht lange ohne Sex (also Sex mit mir) aushalten würde. Natürlich ließ ich ihn dann nach einiger Zeit wieder ran, denn irgendwie musste ich ihn ja bei der Stange halten.

Zwei Episoden sind mir in diesem Zusammenhang besonders in Erinnerung geblieben. In einem Jahr waren wir nur mit unserem Nesthäkchen bei ihrer Patentante im Süden der USA zu Besuch. Wir wohnten dort mehrere Wochen in ihrem damaligen Haus, das wie alle Häuser des amerikanischen Mittelstands sehr geräumig war, sodass wir ein großes Schlafzimmer während unseres Aufenthalts nur für uns alleine zur Verfügung hatten. Eines Tages, praktisch aus heiterem Himmel, kam er mit dem Vorschlag, unser Sexleben durch vulgäre Sprache zu »bereichern« (heute weiß ich, dass sein Vorschlag das beinhaltete, was man gemeinhin als »Dirty Talk« bezeichnet). Er sprach davon, dass er mich »ficken« wollte, dass er meine »Titten rannehmen« wollte, dass er mit seinem »Schwanz« in meine »Möse stoßen« wollte. Ich fand diese Ausdrucksweise erniedrigend und vollkommen unangebracht. Ehrlich gesagt hatte ich diese Ausdrücke noch nie gehört, konnte mir aber denken, was sie bedeuteten. Ich fühlte mich davon angewidert und erniedrigt – ich war ja schließlich keine »Schlampe« (noch so ein Ausdruck) – und sagte ihm das auch. Ich machte ihm klar, dass er damit seine Chancen auf Sex während des Urlaubs noch weiter reduzieren würde (während unserer Urlaube hatte ich ja eigentlich nie Lust auf Sex) und er es daher unterlassen sollte. Seine Urlaubslaune war dann für einige Tage richtig schlecht, aber bis zu unserem Rückflug hatte sich auch das wieder gelegt.

Die zweite Episode war auch um diese Zeit herum. Diesmal ging es um meine Passivität bei unserem Vorspiel. Sein Vorschlag war, dass ich mich doch etwas stärker daran beteiligen sollte, beispielsweise dadurch, dass ich seinen Penis (er sagte »Schwanz«) zumindest mit meinen Händen riebe. Vermutlich kam er auch auf einen seiner früheren Vorschläge zurück, dass ich ihn – seinen Penis – in den Mund nehmen sollte. Allein die Vorstellung daran ekelte mich an, sodass ich seine Vorschläge vehement ablehnte. Ich antwortete ihm ganz aufgeregt, dass ich sein »Teil« niemals berühren und schon gar nicht in den Mund nehmen würde – ein Versprechen, das ich übrigens bis heute gehalten habe. Ich kann mit Oralsex einfach nichts anfangen und halte ihn schlicht und einfach für abstoßend. Auch dieser Vorstoß meines Ehemannes endete also im Nichts.

Mir war sehr wohl klar, dass ich mich alles andere als geschickt verhielt. Aber ich wusste nicht, wie ich aus »meiner Haut herauskommen« sollte. Das Dumme war, dass ich auch keinen wirklichen Ansprechpartner für solche Fragen hatte. Meine Mutter konnte ich nicht fragen, meine ältere Schwester hatte mittlerweile ihre eigenen Eheprobleme und hatte sich auch deshalb von mir zurückgezogen, und eine echte Freundin, mit der ich solche Themen hätte bequatschen können, fehlte mir auch – ein echter Teufelskreis.

Öffnung

Bei vielen Ehen würde die Geschichte vermutlich hier enden: Herr und Frau Müller-Erkenschwick würden sich hingebungsvoll um ihre Kinder und den Haushalt kümmern und wären erfolgreich im Beruf (er im Management eines großen Unternehmens, sie halbtags in einem Bioladen), hielten den Schein der glücklichen und finanziell wohlsituierten Familie aus der Mittelschicht nach außen hin aufrecht, während ihr Sexleben heimlich, still und leise vollständig zum Erliegen käme. Eines Tages, kurz nachdem das letzte Kind flügge geworden wäre, würden sie erstaunt feststellen, dass ihr gemeinsames Band – die Aufzucht des Nachwuchses – für eine Fortsetzung des gemeinsamen Lebens nicht mehr ausreichen würde und sie sich eigentlich nichts mehr zu sagen hätten. Vielleicht hätte der sexuell frustrierte Ehemann auch mittlerweile außerehelichen Ersatz für den nicht mehr existenten ehelichen Geschlechtsverkehr gefunden, natürlich nichts Emotionales, aber zumindest könnte er sein empfundenes sexuelles Defizit dadurch ausgleichen. Seine Rechtfertigung wäre ohne Zweifel gewesen, dass er dies ja auch für seine Ehe und Familie tue, denn dadurch mache er seiner Frau wegen ihrer sexuellen Zurückhaltung weniger Vorwürfe und sei insgesamt besser gelaunt, was ja letztendlich allen Familienmitgliedern zugutekomme. Ein schlechtes Gewissen würde er dabei natürlich nicht verspüren, denn schließlich hätte sie ihn ja mit ihrer Passivität praktisch dazu »gezwungen«, außer Haus »rumzumachen«. Die Ehefrau wiederum würde es ahnen oder sogar wissen, aber letztendlich nichts dagegen unternehmen. Sie hätte es sich in ihrer Welt bequem gemacht. Natürlich würde es sie schmerzen, wenn er wieder einmal wegen »unaufschiebbarer« Überstunden eine Kollegin flachlegen würde (Und die sah ja nicht einmal gut aus und war auch kaum jünger; was fand er nur an ihr? Das könnte er ja auch zu Hause haben, er müsste sich ja nur ein wenig anstrengen!). Das Ende wäre eine Scheidung oder eine vielleicht jahrzehntelange Fortsetzung dieser Frustrationsgeschichte für beide Seiten, bis dass der Tod sie scheiden würde.

Dass es bei uns nicht dazu kam, ist zu einem großen Teil mir zu verdanken – und der unendlichen Geduld meines Mannes. Ja, ich habe mich letztendlich doch noch weiterentwickelt und sexuell geöffnet, wozu mehrere Faktoren beigetragen haben, und das alles auch nur sehr, sehr langsam ...

Der Auslöser war zumindest für mich überraschenderweise die Pubertät unserer drei größeren Kinder, die mehr oder weniger gleichzeitig in diese spezielle Lebensphase eintraten. Eigentlich ist die Pubertät die Zeit, in der die Eltern ihre Kinder sexuell aufklären (sollten). In meiner Jugend hätte das so sein sollen, wozu es bei mir allerdings nicht kam, denn erstens existierte die Pubertät nach Meinung meiner Eltern und vor allem meiner Mutter ja nicht, und zweitens waren sie der Meinung, dass ich alles für mich Wichtige über Sex in meiner zukünftigen Ehe lernen würde. Ich wollte es trotz meines eingeschränkten Wissens besser machen und bot vor allem meinen beiden pubertierenden Töchtern Gespräche über Sex an. Die noch mildeste Reaktion von ihrer Seite war mitleidiges Lächeln; sie machten mir auf ziemlich deutliche Weise klar, dass sie so ein Gespräch nicht wollten, ja eigentlich peinlich fänden, es auch nicht mehr brauchten, denn sie hätten längst andere Quellen gefunden (und das war nicht die Zeitschrift »Bravo«, die in meiner Jugend diese Aufgabe übernahm – das Dumme für mich damals war nur, dass ich sie nach dem Willen meiner Eltern nicht lesen durfte: das war in ihren Augen ein Schundblatt). Außerdem hielten sie mich im Bereich der Sexualität für inkompetent. Das alles hielt die drei aber nicht davon ab, ihr neu erworbenes Wissen in unseren Familienalltag einzubringen und vor allem Begriffe wie selbstverständlich zu benutzen, bei denen ich teilweise rot anlief und doch nicht einmal wusste, was sie bedeuteten. In den folgenden Monaten und Jahren wurde »gebumst«, »geblasen« und »gefickt«, einzeln und in Rudeln, da wurde »onaniert« und »gefingert«, da wurde »Analsex« und »Oralsex« betrieben, in der »69-Stellung« und auf »Französisch«, da wurden »Braten in die Röhre geschoben«, da wurden »Gangbangs« gefeiert – mir wurde manchmal ganz schwindlig bei einzelnen dieser Begriffe. Und das Schlimmste war, dass ich meine Unwissenheit im Einzelfall noch nicht einmal zugeben durfte, denn dann wäre ich bei meinen Kindern endgültig unten durch gewesen (und mein Mann hätte vermutlich geschmunzelt oder verschmitzt gelächelt ...).

Ich kam im Lauf der Zeit aber auch auf anderem Weg mit diesen Begriffen in Kontakt, und das hatte viel mit einer meiner Leidenschaften zu tun. Mit zunehmender verfügbarer Zeit – die Kinder waren ja aus dem Gröbsten raus – gönnte ich mir wenigstens einmal am Tag amerikanische Krimiserien im Fernsehen. Ich liebe sie einfach, und je mehr Tote in den ersten Minuten vorkommen, umso besser (mich erinnerte das an den Schlager von Bill Ramsey aus den 50er-Jahren: »Ohne Krimi geht die Mimi nicht ins Bett«). Über die Jahre hinweg wurde die Synchronsprache – ich folge diesen Serien nicht im Original, sondern in der deutschen Synchronfassung – der Sprache meiner Kinder immer ähnlicher; offensichtlich war die Sprache meiner Kinder der Umgangssprache wesentlicher näher, als ich gedacht hatte. Mit anderen Worten: Ihre Sprache entsprach dem Zeitgeist, meine Sprache hingegen war antiquiert und es gab überhaupt keinen Grund, bestimmte Begriffe aus dem Sexualleben vor allem in der Familie zu verteufeln (»drückt euch bitte gesittet aus«). Im Zusammenhang mit diesen Serien wurden mir mehr und mehr die mir bis dahin unbekannten Begriffe klar oder doch zumindest etwas klarer. Und den Rest besorgte das Internet, sodass ich schon bald die Begriffe in den Familiendiskussionen wenn schon nicht gebrauchen, dann doch zumindest ihrer Bedeutung nach einordnen konnte. Und über die Zeit beschlich mich zudem das Gefühl, dass es offensichtlich nichts Schlimmes ist, solche Begriffe zu verwenden. Man (bzw. frau) musste derartige Techniken ja nicht aktiv praktizieren ...

Mit dem Zuwachs an Freizeit konnte ich mich außerdem auch wieder außer Haus beschäftigen. Ich nahm stundenweise Jobs an und wollte mich darüber hinaus in der katholischen Kirche unseres Wohnortes engagieren. Besonders lagen mir der Kommunions- und Firmungsunterricht sowie die Altenarbeit am Herzen. Voller Elan stürzte ich mich in diese Themen. Mein Engagement wurde von mehreren Seiten gelobt und ich fühlte mich einige Zeit sehr wohl. Doch dann bekam der schöne Schein zunehmend Risse. Zunächst von alteingesessenen Katholiken unterstützt bekam ich nach einiger Zeit vor allem bei der Altenarbeit zunehmend Gegenwind. Mir wurde mehr und mehr klar, dass ich von den führenden »Nebenamtlichen« umso stärker kritisiert wurde, je populärer ich wurde. Einige wenige Gemeindemitglieder, vor allem aus der Gruppe derjenigen, die bisher die Freiwilligenarbeit maßgeblich bestimmt, ja eigentlich kontrolliert hatten, unternahmen nun enorme Anstrengungen, mich aus der Altenarbeit herauszumobben, denn ich »wilderte« schließlich in ihrem Gebiet. Es ging also nicht um die »Kunden«, das heißt die Teilnehmer an meinen Kursen für ältere Gemeindemitglieder, sondern um die Beibehaltung der eigenen Macht. Zunächst hielt ich das für eine spezielle Form von Paranoia meinerseits, aber als mich einige wohlgesonnene Damen einmal zur Seite nahmen und meine Befürchtungen bestätigten, war ich wie vor den Kopf geschlagen: Das sollte die Kirche der Liebe sein? Sie unterschied sich ja wohl in nichts von irgendeinem Unternehmen oder einer Behörde. Mein Glauben an die katholische Kirche, also vor allem ihre Institutionen, die für mich bisher einer der Pfeiler meines Lebens gewesen waren, begann zu bröckeln.

Aber es kam noch schlimmer. Ich engagierte mich damals ebenfalls stark im Kommunionsunterricht unserer jüngsten Tochter. Hier war kein Widerstand von irgendwelchen Alteingesessenen zu spüren und ich fand mich in einer Gruppe ähnlich engagierter Mütter sehr wohl. Mein zweiter Schock passierte, als wir in der Familie darüber diskutierten, ob auch unsere jüngste Tochter wie auch schon ihre drei Geschwister nach der Kommunion der Gemeinde als Messdiener zur Verfügung stehen sollte. Die Diskussion verlief ziemlich seltsam, weil keines der Geschwister sich klar dafür aussprach. Ich konnte mit ihrer Zurückhaltung nichts anfangen, hatten sie doch jahrelang selbst diesen Dienst in unserer Kirchengemeinde versehen. Nach einigem Bohren stellte sich dann heraus, dass es in der Sakristei bei allen dreien über die Jahre hinweg immer wieder zu überflüssigen Streicheleinheiten vonseiten des Priesters oder mehrerer Priester gekommen war. Um Missverständnisse zu vermeiden: Sexuelle Übergriffe in Form von sexuellen Spielen oder gar Penetrationen fanden bei ihnen nicht statt, aber die Berichte meiner Kinder waren für mich – und auch meinen Mann, der der Institution der katholischen Kirche ja sowieso schon immer kritisch gegenüberstand – so schockierend, dass unsere Jüngste selbstverständlich keine Messdienerin wurde.

Das alles war für mich eine einzige emotionale

Katastrophe. Mein moralisches Gebäude stürzte innerhalb weniger Monate in sich zusammen: Wie konnte diese katholische Kirche eine moralische Instanz für mich sein, wenn es dort genauso lieblos zuging wie in jedem Unternehmen, wenn es dort also nur – wohlgemerkt immer unter dem Mantel der Liebe zum Nächsten – um die eigenen Positionen und Vorteile ging (und das auch noch von der Hierarchie wenn schon nicht unterstützt, so doch geduldet wurde) und es zudem zu sexuellen Übergriffen kam (und damals war noch nichts von dem großen Missbrauchsskandal bekannt)? Zwangsläufig kam mir der Gedanke, dass vielleicht auch andere Elemente der offiziellen katholischen Lehre, so wie ich sie bisher, nicht zuletzt bedingt durch die Erziehung meiner Eltern, verstanden hatte, nur Schall und Rauch waren. Wie war es denn mit der Vorgabe, Geschlechtsverkehr zwischen Eheleuten diene vor allem der Fortpflanzung? Im Umkehrschluss bedeutete dies ja, dass jeder Geschlechtsverkehr, der nicht der Fortpflanzung dient, nicht so gerne gesehen ist (um es möglichst neutral zu formulieren). Bei uns war die Fortpflanzung abgeschlossen – ich hätte zwar gerne noch weitere Kinder gehabt, aber mein Körper ließ das nicht mehr zu – und damit entfiel eigentlich die »Notwendigkeit« zu weiterem Sex. Natürlich ging das schon wegen meines Mannes nicht, aber man konnte die sexuellen Begegnungen auf ein Minimum reduzieren. Doch sollte das weiter mein Maßstab für den Rest meines (Sex-)Lebens sein? Denn wenn ich ehrlich zu mir war, dann hatte es im Lauf der Zeit durchaus auch bei mir Momente gegeben, da hatte ich Lust beim Sex verspürt. Vielleicht war das ja gar nicht so verwerflich? Vielleicht sollte ich mich beim Sex mehr meiner Lust hingeben? Das käme dann auch den Wünschen meines Mannes entgegen – und meine Abneigungen musste ich dabei ja nicht aufgeben.

Parallel zu diesen Überlegungen kamen praktische Probleme an einer ganz anderen Stelle auf. Als Mutter ist man viele Jahre für die Kleidung der Kinder zuständig, was allerdings mit deren Eintritt in die Pubertät zu Problemen führen kann. Was man als Mutter selbst als süß und vor allem als praktisch ansieht, ist für die Kids plötzlich nur noch peinlich. Im Umgang mit meinen Töchtern wurde das vor allem beim Einkauf von Unterwäsche deutlich. Als kleine Mädchen fanden sie gerade auch weiße Höschen und Hemdchen mit Herzchen, kleinen Tierchen, Disney-Figuren und Ähnlichem süß. Mir war dabei wichtig, dass alles bequem und leicht zu waschen war. Doch damit war in der Pubertät plötzlich Schluss. Auf einmal konnten die Höschen nicht mehr knapp genug sein, Unterhemden entpuppten sich als vollkommen überflüssig und außerdem wurden jetzt BHs benötigt.

Meinen eigenen Regeln entsprechend kaufte ich ihnen bequeme weiße BHs, was schon nach kurzer Zeit zu lebhaften Protesten führte. Farbig musste die Unterwäsche plötzlich sein, schwarz, rot, blau – weiß oder gar hautfarben ging gar nicht. Ich war in einer Zwickmühle. Nach meiner eigenen Überzeugung gingen eben nur diese beiden Farben; alle anderen waren für Damen – und meine Töchter würden ja bald Damen sein – inakzeptabel. Nicht umsonst hatte mir meine Mutter eingebläut, dass farbige Unterwäsche etwas für leichte Mädchen sei. Und meine Töchter waren keine leichten Mädchen, dessen war ich mir sicher. Aber als ich mich damals etwas umsah, musste ich erkennen, dass farbige Unterwäsche bei jungen Mädchen – und ehrlich gesagt auch bei Damen in meinem Alter – nichts Außergewöhnliches mehr war. Zunehmend waren die BHs auch durch die Kleider, Blusen und Pullover sichtbar oder ihre Farbe war bei weniger transparenten Oberteilen zumindest durch die Träger erkennbar. Farbige Unterwäsche wurde also keineswegs nur von Nutten getragen; auch in diesem Punkt musste ich mich folglich umstellen. Und was mich besonders ärgerte: Ich musste meinem Mann recht geben, der das schon seit vielen Jahren gesagt und sich von mir schon seit Langem gewünscht hatte, dass auch ich farbige Unterwäsche trüge. Natürlich enthielt das auch eine Prise Erotik, worum es ihm vorrangig ging, aber offensichtlich war die Damenwelt inzwischen selbstbewusst genug für erotische Zeichen im Alltag (schließlich waren die Röcke ja auch kürzer geworden ...).

Aber man ist ja lernfähig. Im Lauf der Zeit hörte ich mehr und mehr auf die Wünsche meines Mannes und begann, mich in seine Richtung zu entwickeln. Also trennte ich mich sukzessive von meinen hautfarbenen und weißen (bequemen) Höschen und BHs und ersetzte sie durch farbige Stücke. Er unterstützte mich dabei tatkräftig und kaufte mir im Lauf der Jahre eine ganze Kollektion farbiger Unterwäsche, sodass ich praktisch zu jedem Kleidungsstück Unterwäsche in der passenden Farbe hatte. Allerdings setzte ich auch weiterhin Grenzen: Für den Alltag kamen für mich keine Strings infrage; selbst Tangas erwarb ich nur sehr selten, aber glücklicherweise war die Industrie damals schon in der Lage, farbige Unterwäsche in allen Formen anzubieten. Und selbst ich fand schließlich Gefallen daran, die Unterwäsche durch meine Oberbekleidung scheinen zu lassen, sodass es durchaus vorkam, dass mein schwarzer oder roter BH – zumindest im Sommer – unter meiner hellen Bluse zu erkennen war; erste Schritte waren gegangen.

Nun bedeuteten diese Entwicklungen keineswegs, dass ich jetzt täglich mit meinem Mann gevögelt hätte oder gar zur Femme fatale geworden wäre. Unsere Sexualität fand weiterhin eher im Verborgenen statt, aber ich hatte mich von meinem starren moralischen Korsett gelöst und fand unseren weiterhin eher konservativen Geschlechtsverkehr zunehmend angenehm, auch wenn es nicht mehr um die Zeugung eines Kindes ging. Dabei half mir besonders, dass wir von der Missionarsstellung in die Reiterstellung wechselten. Ich hatte plötzlich die »Macht«, ich konnte bestimmen, wie langsam oder schnell es ging, ich konnte bestimmen, wann und wie stark er in mich eindringen durfte, und ich konnte bestimmen, wann er in mir abspritzte (selbstverständlich mit Kondom; das bedeutete zwar in einer späten Phase unseres Sexspiels eine kurze Unterbrechung, bis er sich das Kondom übergezogen hatte – ich tat es selbstverständlich nie, denn ich will seinen Schwanz weiterhin nicht anfassen –, aber damit konnten wir beide leben). Und ich lernte mit seinem Schwanz zu spielen: Ich konnte mich an ihm reiben, ich konnte ihn in meine Muschi aufnehmen, aber ihn auch wieder (kurzzeitig) »ausspucken«. Und ich lernte, dass es entscheidend auf den Winkel ankam, in dem er in mich eindrang. Ich wechselte während unserer Geschlechtsakte also auch die Stellung: Teilweise lag ich auf ihm, teilweise saß ich aber auch mehr oder weniger aufrecht auf seinem Schwanz, was den positiven Nebeneffekt hatte, dass meine Brüste offen vor seinem Gesicht baumelten und er sie ganz nach meinem Geschmack liebkosen konnte. Überhaupt meine Brüste: Der Übergang von der Missionars- in die Reiterstellung hatte den unerwarteten Vorteil, dass sie wesentlich besser in unser Sexspiel einbezogen werden konnten. Früher, als wir noch ausnahmslos in der Missionarsstellung gevögelt hatten, hatten meine Brüste ausschließlich im Vorspiel eine Rolle gespielt. Plötzlich aber waren sie zentraler Bestandteil unseres Sexspiels, was ich sehr genoss: Er konnte sie streicheln, zart oder fordernd mit seinem Mund und vor allem seiner Zunge bearbeiten, er konnte an meinen Brustwarzen lutschen und mit seinen Zähnen an ihnen knabbern, und das während der ganzen Zeit, in der ich ihn ritt. Ich trauere der Zeit, in der wir es ausschließlich in der Missionarsstellung trieben, nicht nach; allenfalls bedaure ich, dass wir den Stellungswechsel nicht schon früher vollzogen.

Diese Veränderung bedeutet nun nicht, dass wir nun plötzlich wie die Karnickel gerammelt hätten. Unsere Sexfrequenz war und ist nach herkömmlichen Maßstäben weiterhin gering, irgendetwas zwischen einmal pro Woche und zweimal pro Monat. Aber die Qualität hat sich verbessert: Plötzlich sehen wir beide das als Quelle der Lust und nicht mehr der Pflicht. Und mein Mann hat gelernt zu erkennen, dass es nicht nur um sein, sondern auch um mein Vergnügen geht. Er kann jetzt besser anhand von Zeichen erkennen, wann ich auch Lust habe – und nicht nur er. Gerade in der jüngeren Zeit kam es immer wieder zu der Situation, dass er sich mehr zurückhielt, als es mir lieb war. Manchmal haben wir jetzt sogar die Situation, dass ich ihn ziemlich direkt auffordere, dass er doch bitte aktiv werden möge, eine Situation, die vor allem zu Beginn unserer Ehe vollkommen undenkbar gewesen wäre, es sei denn, ich wollte schwanger werden.

Was wir weiterhin nicht hinbekommen, ist, über unsere Sexualität zu reden. Mein Mann hat mich in der jüngeren Vergangenheit einige Male gefragt, was ich mir denn im Zusammenhang mit unserer Sexualität wünschen würde, also was ich gerne anders oder zusätzlich hätte. Ganz abgesehen davon, dass mir etwas die Vorstellungskraft fehlt, selbst nach meiner »Wissenserweiterung« durch unsere Kinder und die amerikanischen Serien, ich traue mich einfach nicht, von mir aus Wünsche zu äußern. Mittlerweile glaube ich sogar, dass ich »devot« bin, um einen weiteren Begriff zu verwenden, den ich im Laufe meiner Ehe gelernt habe, dass ich es einfach lieber habe, wenn man mir sagt, was ich machen soll. Das finde ich auch keineswegs schlimm, solange meine »Basisregeln« eingehalten werden, und die haben sich seit meinen ersten sexuellen Erfahrungen nicht geändert: Ich fasse seinen Schwanz nicht an, ich lasse weder Oral- noch Analsex zu, ganz abgesehen von Spielen, bei denen dritte Personen einbezogen werden – BDSM ist ebenfalls tabu. Manchmal hatte mein Mann auch schon ziemlich seltsame Ideen, die ich aber alle sofort vehement ablehnte, sodass er niemals mehr darauf zurück gekommen ist: Einmal schlug er vor, dass wir zusammen in den Puff gehen. Was er sich davon versprach, ist mir bis heute schleierhaft. Ebenso wenig würde ich jemals in einen Swingerclub gehen; unsere Sexualität geht nur uns beide etwas an und hat in unseren Privaträumen stattzufinden.

All das heißt nun natürlich nicht, dass es nicht auch noch innerhalb dieses Rahmens in unseren eigenen vier Wänden zu Erweiterungen unseres Sexlebens kommen könnte. Und da hat sich gerade in den letzten Jahren einiges getan, auch in diesen Fällen auf Initiative meines Mannes und mit meinem Einverständnis.

Ich wage es kaum zuzugeben, aber ich habe Gefallen an Reizwäsche gefunden. Mittlerweile habe ich einen ordentlichen Bestand – selbstverständlich alles von meinem Mann gekauft, der darauf steht, aber stets in Rücksprache mit mir. Sie ist üblicherweise schwarz, häufig aus synthetischer Spitze, sie besteht aus durchsichtigen Negligés (einige davon auch in Rot und Pink), Höschen in mehr traditionellen Formen, einige aber auch eigentlich nur aus Schnüren bestehend, neben Schwarz auch in Weiß und Rot, durchsichtigen Unterhemdchen, einem roten »Weihnachts-BH« mit passendem Straps, einer Büsten-Hebe, weiteren Strapsen in Schwarz mit passenden Strümpfen in Schwarz, Weiß und Beige, Ganzkörperstrumpfhosen und Bodies, immer tief ausgeschnitten und teilweise eigentlich nur aus breiten Bändern geformt. Einige dieser Teile sind »Ouverts«, das heißt, sie haben im Schritt eine Aussparung, die einen direkten Zugang zu meiner Muschi erlaubt. Ich finde gerade diese Teile für unsere aktuellen Sexspiele sehr hilfreich und auch erotisch, denn sie lassen Spiele ohne Unterbrechungen zu, da mein Mann dadurch direkten Zugang zu meiner Muschi hat. Neben Unterbekleidung besitze ich auch einige Kleider, einen Overall und einen Kimono, alle aus synthetischer und durchsichtiger schwarzer Spitze. Wenn ich sie anziehe, sind meine entscheidenden Körperteile zwar bedeckt, aber trotzdem bin ich nackt. Und schließlich habe ich als Frau mit großem Interesse an Schuhen auch passende Nuttenschuhe in Rot, Schwarz und Silber, teilweise verziert mit Straß, in der für Nutten typischen Höhe von etwa zwölf Zentimetern. Natürlich kann ich darin nicht richtig laufen, aber das muss ich auch nicht: Es sind eigentlich eher »Bettschuhe«. Außerdem habe ich mehrere Perücken in verschiedenen Farben und Haarlängen, die auch in unsere Erotikspiele einbezogen werden können.

Um jegliches Missverständnis zu vermeiden: Ich ziehe diese Teile nicht von mir aus an, sondern ich warte dazu immer auf die Einladung von meinem Mann. Im Prinzip praktizieren wir Rollenspiele, in deren Verlauf mich mein Mann »bittet«, Teile aus meinem Fundus anzuziehen. Ich finde das für mich optimal: Ich muss auch dieses Mal nicht die Initiative ergreifen, sondern folge nur den Wünschen meines Mannes. Das heißt, es hat sich im Vergleich zu früher nichts verändert, wenn man vom Spielrahmen absieht – und da ich mittlerweile solche Spielsituationen liebe, bin ich unserem Treiben gegenüber aufgeschlossen. Dabei ist für mich wichtig, dass es nicht mehr Leonore von Megenburg ist, die spielt, sondern eine mir eigentlich fremde Person, die ich gerne meinem Mann für sein Vergnügen zur Verfügung stelle. Letztendlich ist diese Person so eine Art Privatnutte für meinen Mann, die ich ihm gewähre – so wie er so eine Art privater Callboy für sie ist. Mit diesem gedanklichen Experiment kann ich nicht nur ausgezeichnet leben, sondern ich fühle mich dabei auch ziemlich wohl. Denn als diese andere Person bin ich bereit, ganz andere Dinge zu tun, die Leonore von sich aus niemals täte.

Hierzu ein paar Beispiele. Ein klassisches Rollenspiel ist das einer Sekretärin (oder einer Schuldnerin, die ihren bei einem Kredithai aufgenommenen Kredit nicht zurückzahlen kann), die sich für eine neue Position vorstellt (beziehungsweise versucht, ihre Schulden durch die Erbringung besonderer »Dienstleistungen« loszuwerden). Mein Mann kümmert sich um das Outfit dieser Person, beispielsweise einen schwarzen Slip-Ouvert, die schwarze Hebe, halterlose schwarze Strümpfe, einen kurzen Lederrock, eine durchsichtige rote Bluse und schwarze Pumps mit acht Zentimetern Absatz (oder ein klassisches Kostüm, dessen Oberteil tief ausgeschnitten ist und einen direkten Blick auf meine Titten ermöglicht, die nur von einem BH bedeckt sind; auf eine Bluse oder gar einen Pullover verzichte ich aus gutem Grund). Mein Mann bittet mich dann, in sein Arbeitszimmer zu kommen. Er beginnt darauf einen Dialog, in dem ich eigentlich nur wenige Worte zu sagen habe. Nach kurzer Zeit fragt er mich dann vielleicht, ob ich denn das Outfit für ein Vorstellungsgespräch für angemessen hielte und ob ich denn besondere Fähigkeiten hätte, die über die einer klassischen Sekretärin hinausgingen. Normalerweise fesselt mich die erotische Situation dann dermaßen, dass ich von mir aus aktiv werde (was Leonore natürlich niemals täte): Ich bewege meinen Unterleib, schiebe meinen Rock hoch, sodass meine Strumpfansätze sichtbar werden, streichle meine Brüste durch die Bluse hindurch oder fasse mich zwischen meinen Schenkeln an. An dieser Stelle sind nun unterschiedliche Fortsetzungen möglich: Mein Mann bittet mich, mich zur Wand zu drehen, denn er müsse sich von meinen Extravorzügen überzeugen, oder er fordert mich auf, das Vorstellungsgespräch an einem anderen Ort – in unserem Schlafzimmer – fortzusetzen oder ... Ich weiß eigentlich nie, was als Nächstes kommt, aber ich lasse mich in diesen Situationen fallen, denn ich bin mir sicher, dass mein Mann meine No-Gos berücksichtigt. Bei diesen Spielen kann es dann schon vorkommen, dass er mir den Rock hochschiebt oder runterzieht, dass er mit seinem Finger in meine Muschi eindringt, das heißt, dass er mich fingert, ja manchmal ermuntere ich ihn geradezu dazu, indem ich ihm meinen Arsch entgegenstrecke und lasziv mit ihm herumwackle. Irgendwann landen wir dann in unserem Ehebett, er streift sich dann ein Kondom über und ich klettere mit dem spärlichen Rest meines Sekretärinnenoutfits auf ihn und fange an, mit meiner Muschi an seinem Schwanz zu spielen. Üblicherweise bin ich dann schon so heiß, dass es regelmäßig nur noch kurze Zeit dauert, bis ich zum Orgasmus komme – das, was früher meinem Mann passiert ist, passiert jetzt zunehmend mir: Ich komme relativ schnell und häufig vor meinem Mann. Und was ich besonders toll finde: jetzt, in einem Alter über 60, komme ich häufiger und vor allem regelmäßiger zum Orgasmus als in meinen jungen Jahren. Die sexuellen Ketten meines Glaubens habe ich wohl endgültig abgestreift.

Da ist dann auch die Frau Gräfin, eine Frau im besten Alter, die von ihrem deutlich älteren Ehemann sowohl sexuell als auch in anderer Hinsicht zunehmend vernachlässigt wird. Sie ringt lange mit sich, entschließt sich aber schließlich doch, sich einen jüngeren Liebhaber zuzulegen. Er führt sie behutsam in verschiedene Spielarten der Sexualität ein und verschiebt damit ihre Grenzen immer weiter. Bisheriger Höhepunkt war eine (gespielte) Vorführung vor mehreren Männern. Bei dieser Gelegenheit trug ich ein langes schwarzes Kleid, das nur vorne von einer Schließe zusammengehalten wird, sodass ein vollkommen freier Blick auf den vorderen Teil meines Körpers möglich ist, zumal auch meine Brüste hinter durchsichtiger schwarzer Spitze kaum verdeckt sind. Um nicht vollkommen nackt zu sein, gestand mir mein Liebhaber einen schwarz-türkisen String-Body-Ouvert unter dem Kleid zu, der hinten bis zur Pofalte und vorne bis zum Nabel beidseitig tief ausgeschnitten ist. Kurz: Ich war zwar an allen wichtigen Stellen meines Körpers irgendwie bekleidet, de facto aber doch nackt. So führte mich mein Liebhaber auf meinen acht Zentimeter hohen Peep-Toes zu unserem Schlafzimmer, vor dessen Betreten ich eine blickdichte Augenmaske (meine Schlafmaske) anziehen sollte. Im Schlafzimmer angekommen, erklärte er mir die Situation: Mehrere Männer seien anwesend, denen ich für sexuelle Dienstleistungen zur Verfügung zu stehen hätte. Ich sollte mich in die Mitte des Raumes stellen und alle Anweisungen befolgen und die daraus resultierenden Aktivitäten über mich ergehen lassen. Und dann begann das Spiel: Fordernde Hände erkundeten meinen Körper, zunächst an »harmlosen« Stellen, aber bald schon an meinen Brüsten, an meinen Oberschenkeln und meiner Muschi. Bald kam die Anweisung, die Beine zu spreizen, meine Titten nach vorne zu beugen und meinen Arsch obszön nach hinten rauszustrecken. Die Berührungen wurden immer intensiver, immer fordernder: Plötzlich bahnte sich ein Finger seinen Weg in meine Lusthöhle, vor Erschrecken, aber auch plötzlich aufkommender Lust fing ich an zu stöhnen. Die Hände schienen überall zu sein: an meinen Titten, an meiner Arschfotze, in meiner Muschi, es fühlte sich tatsächlich an, als ob mehrere Männer mich gleichzeitig begrapschen würden. Ich wurde immer rolliger, ich streckte meine Titten und meinen Arsch so weit raus, wie es nur ging. Auch spreizte ich meine Beine noch einmal ein paar Zentimeter weiter. Es überraschte mich schon nicht mehr, dass ich plötzlich einen Schwanz an meinem Hintereingang spürte. Ich war so sehr auf das Spiel konzentriert, dass ich mir nichts mehr wünschte, als von ihm aufgespießt zu werden. Instinktiv beugte ich mich nach vorne und stützte mich auf dem Bett ab. Ich war geradezu erleichtert, als der Rock meines langen Kleides nach oben geschoben wurde, sodass mein Po vollkommen frei lag, sieht man von dem dünnen Bändchen einmal ab, der ihn in zwei Teile teilte. Ich wackelte wie eine läufige Hündin mit meinem Po, den ich so weit wie möglich nach hinten streckte, um diesen Schwanz endlich in mich aufzunehmen. Mein Liebhaber spielte jetzt mit mir: Er deutete immer wieder ein Eindringen – von hinten! – an, ohne es tatsächlich zu tun. Es verging eine kleine Ewigkeit, bis er dieses Spiel beendete, sich aufs Bett legte und ich ihn endlich von oben reiten konnte. Wie immer in letzter Zeit kam ich dann eigentlich viel zu schnell, aber mein Orgasmus riss mich einfach mit. Danach brauchte ich eine ganze Zeit, bis ich mich von diesem wilden Spiel und Ritt erholt hatte.

Es verging eine ganze Zeit, bis sich mein Mann ein neues Szenario ausgedacht hatte. Ich wurde schon ganz unruhig und malte mir verschiedene Möglichkeiten aus, weshalb er sich nicht mehr mit mir beschäftigen wollte. Aber meine Sorgen waren unbegründet; er hatte sich wirklich eine vollkommen neue Geschichte ausgedacht, die mich wieder zum Orgasmus bringen sollte. Alles drehte sich dieses Mal um ein Pornokino, in dem ich als williges und läufiges Opfer präsentiert werden sollte. Entsprechend meiner Rolle erhielt ich von ihm einen schwarzen Mikrofaltenrock, seitlich geschlitzt, mit eingenähtem offenem String, der meinen Po allenfalls zur Hälfte bedeckte, die schwarze Hebe, schwarze Halterlose, eine durchsichtige goldfarbene Bluse mit Knopfleiste, die ich bis oben hin zuknöpfen musste, meine schwarzen Peep-Toes und eine rote Perücke mit halblangen Haaren. Die Einbeziehung einer Perücke in unser Spiel begründete er damit, dass wir ja das Pornokino unserer Stadt aufsuchen würden und dort nicht ausgeschlossen werden könne, Bekannte zu treffen; mit der Perücke würde ich nicht so leicht zu erkennen sein. Auf Ideen kommt er manchmal ... Das Spiel begann damit, dass ich einen knielangen Mantel anziehen sollte, damit ich nicht sofort als das zu erkennen sei, was ich war: eine läufige Hündin. Er legte mir wieder eine Augenmaske an und das Spiel konnte beginnen. Zunächst führte er mich erneut in Richtung unseres Schlafzimmers, aus dem zu meiner Überraschung Stimmen drangen: Er hatte tatsächlich ein Pornokino insoweit simuliert, als auf unserem Fernseher oder welchem Gerät auch immer ein – wie sich später herausstellte – Porno lief. Vor Betreten des Zimmers nahm er mir den Mantel ab, öffnete die Tür und stellte mich einem imaginären Publikum mit den Worten vor, dass hier jetzt die bereits angekündigte Schlampe sei, die hiermit zur öffentlichen Benutzung freigegeben sei. Obwohl ich natürlich wusste, dass alles nur gespielt war, erregte mich die Situation in einer für mich unerwartet starken Weise: Ich stand in meinem Nuttenoutfit dank der Augenbinde im Dunkeln in einem Raum, in dem man nichts weiter als die Stimmen der Pornodarsteller hörte. Ich schärfte meine Sinne, ob noch irgendetwas anderes zu vernehmen sei, aber dem war nicht so. Außer dem Film war nichts zu hören, aber es passierte auch zunächst weiter nichts. Ich wurde allmählich unruhig, aber gleichzeitig auch immer erregter. Schließlich näherte sich eine Hand, die zunächst nur meine Kleidung einer intensiven Inspektion unterzog: Sie streichelte meine Beine, die Innenseite meiner Schenkel, ohne aber meine Muschi zu berühren; sie spielte mit meinen Haaren, sie zeichnete die Träger der Hebe nach, ohne meine Brüste anzufassen, sie glitt unter den kaum vorhandenen Rock, ohne allerdings bis zu meinem Po vorzudringen. Gleichzeitig ging es offensichtlich in dem Porno ordentlich zur Sache: Eine Frau wurde vernehmlich von Fingern oder Schwänzen (oder von beidem?) penetriert, sodass sie laut aufstöhnte; kurze Zeit später lutschte sie eindeutig einen Schwanz, die Schmatzgeräusche ließen keine andere Interpretation zu. So erregt ich auch war, so sehr fürchtete ich, dass er das jetzt auch von mir verlangen würde, obwohl das doch zu meinen Tabus zählte.

Geradezu ängstlich wartete ich auf seine nächste

Berührung oder seine nächste Anweisung, aber wieder ließ er die Sekunden – oder Minuten? – verstreichen, ohne dass etwas geschehen wäre. Endlich passierte etwas, aber dieses Etwas hatte ich nicht in meinen kühnsten Träumen erwartet: »Streichle dich.« Was sollte das denn bedeuten? Ich sollte mich streicheln? Wo denn? Ich war wie erstarrt und tat – nichts. Wenig später kam die Aufforderung erneut, nur noch dringlicher. Zaghaft wagte ich zu fragen, was ich denn nun genau machen sollte. Die Antwort ließ mich erschaudern: Ich sollte meine Nippel durch die Bluse und die Hebe streicheln, bis sie hart wurden – ich selbst. Der Ton war diesmal dermaßen fordernd, dass ich keine weiteren Fragen zu stellen wagte. Langsam, ganz langsam hob ich meine Hände in Richtung meiner Titten und suchte durch den Stoff hindurch meine Nippel. Als ich sie schließlich berührte, war ich überrascht, wie sehr sie schon standen: Die ganze Situation, obwohl nur ein Spiel, hatte mich sehr erregt. Eigentlich wollte ich die Anweisung wenn schon nicht ignorieren, so doch nur sehr langsam befolgen. Dieser Plan erwies sich schon nach der ersten Berührung durch meine Hände als nicht mehr realistisch: Ich spürte, wie meine Nippel weit abstanden, schon die geringste Berührung ließ sie weiter anschwellen, sodass sie beide bereits nach wenigen Streichelbewegungen richtig hart waren und entsprechend weh taten.

Mein Mann musste mich genau beobachten, denn als ich mich gerade einem (ersten?) Höhepunkt zu nähern schien, sollte ich meine Nippel verlassen und mich meiner Pussy widmen. Ich war so geil, dass bei mir jeder Widerstand zusammenbrach. Wie eine Verrückte spreizte ich meine Beine, soweit es ging, verschob meine Hände von meinen Nippeln zu meiner Klit und streichelte sie wie eine Getriebene, die ihr Leben lang nichts anderes gemacht hat. Meine eigene Geilheit, verbunden mit den Stöhn- und Schmatzgeräuschen aus dem Lautsprecher, ließen mich nur noch an eines denken: Ich wollte kommen, und das sofort. Mittlerweile waren meine Laute mindestens so intensiv wie die aus dem Porno, aber auch das nahm ich nicht mehr richtig wahr. Ich rubbelte meine Furt wie eine Besessene, nur noch getrieben von der animalischen Lust zu kommen. Das Ganze wurde plötzlich auch noch durch Hände an meinen Titten verstärkt, sodass ich eigentlich nur noch aus Geilheit bestand und endlich erlöst werden wollte.

Doch daraus wurde nichts – ich war völlig fertig. Denn plötzlich ließen die Hände meine Titten los und griffen richtig grob meine Hände, sodass ich meine Klit nicht mehr bearbeiten konnte. Sie griffen hart zu, packten mich, wodurch ich mich um 90 Grad drehte, und stießen mich nach vorne, sodass ich mich wohl über unser Ehebett beugte. Geil wie ich war, wollte ich sofort meine Hände in Richtung meiner Brüste und meines Schlitzes bewegen, doch daraus wurde nichts. Sie waren wie in einem Schraubstock gefangen und konnten überhaupt nichts zu meinem körperlichen Wohlbefinden beitragen. Ich war unendlich geil und wollte meinen Orgasmus herausschreien, konnte – beziehungsweise durfte – es aber nicht. Ich war hocherregt, trotz meiner äußerst spärlichen Bekleidung nass geschwitzt – und vollkommen frustriert.

Laut hechelnd hing ich in den Seilen wie ein Boxer in seinem Boxring am Ende seines Kampfes. Ich wollte nur noch eins: Erlösung, ich wollte meinen Orgasmus, und dafür würde ich alles tun (na ja, fast alles ...). Und mein Mann schien ein Einsehen mit mir zu haben: Plötzlich spürte ich an meinem Hintereingang einen Schwanz, der mir sehr bekannt vorkam. Gierig spreizte ich meine Beine, sodass er nicht nur volle Sicht auf meine Löcher hatte, sondern eines davon ohne irgendein Hindernis füllen konnte (das andere war und ist weiterhin tabu; glücklicherweise hielt sich mein Mann auch dieses Mal an unsere Absprachen). Normalerweise bestand ich ja auf einem Kondom, aber ich war an diesem Tag schon zu weit, als dass ich auf solche »Kleinigkeiten« noch geachtet hätte. Ich wollte ihn einfach in mir spüren. Dazu schob ich meinen Arsch, soweit es eben ging, nach hinten, und so feucht, wie ich war, konnte er problemlos in mich eindringen. Normalerweise ritt er ja mich in dieser Stellung, aber heute war mir alles egal: Ich bewegte meinen Arsch vor und zurück wie eine läufige Hündin und war überglücklich, als er schließlich mit einem lauten Stöhnen in mir kam. Ich konnte mich überhaupt nicht erinnern, dass mein Mann noch so viel Sperma verspritzen konnte, aber ich war über jeden Stoß seiner Ficksahne glücklich. Als er schließlich leer war, brach ich halb auf unserem Bett zusammen und legte mich vollkommen erschöpft und verschwitzt hin. So etwas hatte ich wirklich noch nicht erlebt – und ich war glücklich und zufrieden, wenn auch körperlich vollkommen ausgelaugt.

Natürlich darf auch das Szenario einer Nutte auf Hausbesuch nicht fehlen. Zu diesem Zweck trage ich üblicherweise einen engen und kurzen Paillettenrock, eine farblich passende blickdichte, aber extrem tief ausgeschnittene Bluse, meine Nuttenschuhe mit einem zwölf Zentimeter hohen Absatz und Glitzerapplikationen, halterlose weiße Strümpfe und eine blonde Langhaarperücke, mit der mein Status einer (dummen) Nutte noch unterstrichen wird. Auf Unterwäsche verzichte ich in diesem Fall vollständig: Sie wird doch nur dreckig, da ich sowieso über kurz oder lang gefickt werde, und dann sollten mein Loch und meine Titten direkt zugänglich sein und nicht von irgendwelchen Stoffresten in ihrer Nutzung beeinträchtigt werden. Das Schlimmste bei diesem Szenario ist für mich, dass mich mein Mann in diesem Outfit auf unsere Terrasse schickt. Sie ist zwar kaum von außen einsehbar, aber trotzdem muss ich für den Anfang dieses Spiels meinen geschützten Raum verlassen. Andererseits: Die Terrasse ist immer noch besser als unsere Eingangstür, die aufgrund der Hanglage unseres Hauses leicht von zwei Straßen eingesehen werden kann. Da stehe ich dann in meinem Nuttenoutfit auf der Terrasse und warte darauf, dass mein »Kunde« mich endlich ins Haus lässt. Manchmal lässt er sich dabei schon sehr viel Zeit, was natürlich zum Spiel gehört: Dabei friere ich dann je nach Jahreszeit auch etwas, denn schließlich strömt die kalte Luft direkt zu meinen Nippeln, die dann dadurch hart werden, und meiner Muschi, aber gleichzeitig werde ich auch erregt, denn mir ist ja klar, dass ich bald gefickt werde.

Irgendwann holt er mich dann auf der Terrasse ab und fragt mich üblicherweise, welche Dienste ich denn anzubieten hätte. Beim ersten Mal, als wir dieses Spiel vollzogen, muss ich ziemlich dumm dreingeschaut haben, was er mit einem Hinweis auf meine (Spiel-)Haarfarbe kommentierte. Mittlerweile kenne ich natürlich die Antwort, die ich zu geben habe, wobei ich jedes Mal neu auf meine Tabus hinweise. Er führt mich dann ins Haus und irgendwo auf dem Weg zu unserem

Schlaf- oder einem anderen geeigneten »Spiel-zimmer« stellt er mich dann wie ein Möbelstück ab, um sich intensiver mit meinem Körper zu be-schäftigen: Er begrapscht meine Titten, testet die Feuchtigkeit meiner Pofalte, dringt je nach Ergeb-nis auch schon einmal mit einem oder gar zwei Fingern in meine Muschi ein, streichelt zwischen-drin aber auch meine Haare oder meine Schenkel. Ich möchte dabei nicht missverstanden werden: Auch wenn diese Beschreibung für Feminist*in-nen ziemlich negativ erscheinen mag, ich liebe dieses Spiel, denn ich werde sexuell erregt und muss dafür relativ wenig tun. Ich stehe einfach da und werde bedient (wobei das in diesem Rollen-spiel eigentlich umgekehrt sein sollte, aber das hat nun einmal mit meiner Grundeinstellung zu tun, an der sich auch in den letzten Jahren nichts ge-ändert hat).

Irgendwann landen wir dann in unserem Schlaf-zimmer oder einem anderen Zimmer mit Bett in unserem Haus, wo es dann richtig zur Sache geht: Manchmal lege ich mich auf meinen Rü-cken, spreize die Beine, soweit es geht, wodurch ich ihm natürlich einen tiefen Einblick in meine Löcher gewähre, und er nimmt mich im Stehen, manchmal dringt er auch von hinten in mein ein-ziges Loch ein, das ich ihm erlaube, wobei er sich in beiden Fällen intensiv um meine Brüste küm-mert, die er dann relativ grob mit seinen Händen bearbeitet. Meine bevorzugte Stellung bei diesem Spiel ist aber die Reiterposition, bei der er sich auf den Rücken legt und ich seinen Schwanz einmal mehr, einmal weniger intensiv mit meiner Muschi bearbeite. Irgendwann halte ich es dann nicht mehr auf, ich lasse ihn dann in mein weit geöffnetes und gut geschmiertes Loch gleiten und reite ihn bis zum Orgasmus, wobei ich ja mittlerweile früher als er komme. Besonders gut gefällt mir bei diesem Spiel seine Beschäftigung mit meinen Titten, vor allem mit meinen Nippeln: Er hat über die Jahre eine ausgezeichnete Lutsch- und Knabbertechnik entwickelt; wenn ich nur daran denke, stellen sich meine Nippel fast schon wieder wie von selbst auf. Und noch eine Anmerkung am Rande: Ich mag dieses Spiel auch, weil es sich für eine Nutte gehört, nur mit Kondom zu ficken – ein weiterer Aspekt im Einklang mit meinen Regeln.

Natürlich könnte ich an dieser Stelle eine ganze Reihe weiterer Rollenspiele beschreiben – die Ehefrau, die beim Spiel immer mehr Kleidungsstücke verliert und für ihren letzten Einsatz ihren Körper anbieten muss, oder die Urlauberin, die auf ihrem Bett plötzlich Reizwäsche vorfindet, die sie für das Abendessen unter ihrer »normalen« Kleidung tragen wird (wir haben uns dafür bei Victoria's Secret extra ein Set kleiner Behältnisse gekauft, die mein Mann dann für diesen Zweck füllt und in den Urlaub mitnimmt) – aber es dürfte klar ge-

119

worden sein, wie stark ich mich in den letzten Jahren zu einer besseren Sexpartnerin entwickelt habe. Mit einigen Dingen und Techniken kann ich immer noch nichts anfangen: Ich lasse mich weiterhin nicht lecken, ich widersetze mich weiterhin Oral- und Analsex, ich ersuche ihn weiterhin in den meisten Fällen, ein Kondom zu benutzen, ich bringe es weiterhin nicht über mich, seinen Schwanz anzufassen. Kurz: Ich bin weiterhin eher passiv, mache aber durch die Rollenspiele Zugeständnisse wie das Tragen von Reizwäsche, unterwerfe mich de facto seinen sexuellen Wünschen (zumindest einem Teil davon, wie ich vermute – wir reden ja weiterhin nicht darüber beziehungsweise ich blocke solche Gespräche ab, falls er sich doch einmal zu diesem Thema vorwagt) oder bin grundsätzlich verfügbar, wenn er Sex will, alles Dinge, die die frühere Leonore eigentlich nicht machte bzw. auch heute noch nicht machen würde. Aber ich will realistisch sein: Auch mein »erweitertes« Verhalten ist noch weit von dem entfernt, was uns zumindest von den Medien als »Standard« vorgegaukelt wird. Eigentlich wäre ich ja schon neugierig genug zu sehen, was in der Realität wirklich abgeht. Leider habe ich keine Freundin, mit der ich über solche Themen reden könnte – und mit den eigenen Töchtern solche Dinge zu erörtern ist natürlich noch unrealistischer. Einmal öffnete mir mein Mann eine Tür, um mehr über Sexualität aus erster Hand zu erfahren, als er mir vorschlug, zusammen in den Puff zu gehen. Natürlich wies Leonore diesen Vorschlag abrupt von sich. Er ist auch nie wieder darauf zurückgekommen, und ich war froh, dieses Thema nicht mehr ansprechen zu müssen.

Epilog

Das ist der Stand der Dinge heute. Im Rückblick bin ich eigentlich stolz auf meine Entwicklung. Meine Erziehung und vor allem meine Prägung durch die Aussagen der Institutionen der katholischen Kirche haben mich zur idealen »Kandidatin« für eine permanent betrogene Ehefrau gemacht. Ich glaube nicht, dass mein Mann jemals fremdgegangen ist oder seine Bedürfnisse im Puff befriedigt hat. Und wenn das stimmt, dann hat das auch mit meiner sexuellen Entwicklung zu tun. Ich habe weiterhin meine Tabus, komme ihm aber wesentlich stärker sexuell entgegen, als ich mir das zum Zeitpunkt unserer Eheschließung hätte vorstellen können. Das betrachte ich als einen ganz persönlichen Erfolg. Aber Zweifel bleiben. In der jüngsten Vergangenheit hat sein Interesse an mir deutlich nachgelassen. Das mag mit unserem fortgeschrittenen Alter zu tun haben oder mit der zunehmenden Zahl an kleineren oder auch schon größeren gesundheitlichen Einschränkungen. Es mag ihm aber auch allmählich bewusst werden, dass ihm für seine sexuellen Aktivitäten auch nur noch eine begrenzte Zeit zur Verfügung steht. Das könnte zu zunehmendem Interesse an sexuellen Spielarten und Aktivitäten führen, die er nur außerhalb unserer Ehe befriedigen zu können glaubt. Ich habe zwar keine Hinweise darauf, aber ganz ausschließen kann und möchte ich es nicht. Und es gibt ja einen Weg, derartige Risiken zu verringern: Ich müsste noch einmal über meine Grenzen und Tabus nachdenken. Es könnte aber auch sein, dass er sich mit unserer sexuellen Realität mittlerweile abgefunden hat. Dann würde ich mich auf Dinge einlassen, die ich eigentlich gar nicht will – und in diesem Fall auch nicht zu tun brauchte. Nur: All das weiß ich nicht. Ich fürchte, dass ich schon noch das eine oder andere Risiko eingehen muss, bevor unsere Sexualität endgültig beendet wird.

Die Autorin

Leonore von Megenburg ist ein Pseudonym. Die Autorin wurde in den 6oer Jahren des letzten Jahrhunderts als zweites von vier Kindern einer Bankerfamilie im Südwesten der Republik geboren. Nach einer Lehre zur Damenschneiderin und entsprechenden Weiterbildungen arbeitet sie seit etwa zwanzig Jahren als Fachlehrerin an verschiedenen Schulen ihrer Region, inzwischen nur noch stundenweise. Sie ist verheiratet, hat vier Kinder und mittlerweile vier Enkel. Die Erzählung ist ihr Erstlingswerk.